古典から生まれた新しい物語
ふしぎな話

迷《まよ》い家《が》

日本児童文学者協会・編
平尾直子・絵

目次

このシリーズについて

この本に収《おさ》められているお話は、四人の作家が古典作品《こてんさくひん》からインスピレーションを得《え》て創作《そうさく》したものです。「古典をヒントに新しくつくられたアンソロジー」といいかえてもよいでしょう。

それぞれの物語《ものがたり》の最後《さいご》に、作者《さくしゃ》からのメッセージがあります。ここで、作家はどの古典作品をとりあげて執筆《しっぴつ》したのかを明かしています。それらは時代《じだい》や国を問わず、また、文学作品だけでなく、民話《みんわ》や伝説《でんせつ》など幅広《はばひろ》いジャンルからえらばれています。だれもが知っている有名《ゆうめい》な作品もあれば、あまり聞いたことのないものもあるはずです。どんな古典なのか、予想《よそう》しながら読んでみるのもおもしろいでしょう。

また、巻末《かんまつ》には、古典にふれる案内《あんない》として、解説《かいせつ》と本の紹介《しょうかい》ものせました。作品を読んで、その物語が生まれるきっかけとなった古典に興味《きょうみ》をもった読者《どくしゃ》は、ぜひ、そちらのほうにも手をのばしてみてください。

編者／日本児童文学者協会
編集委員／津久井惠、藤真知子、宮川健郎、偕成社編集部

やねうらさま

村上《むらかみ》しいこ

「れいきくん。きみって、ぼくの友だちだよね」

とつぜん、ろうかで、みなとくんにそんなことをいわれて、おどろいてしまった。

いつも無口《むくち》なみなとくんだけど、きょうは、思いつめたような目をしてる。

「あたりまえじゃん。なんでもいって」

こんなときこそ、話を聞くのが、友だちってもんだ。

「よかった」

空気をいっぱいに入れた風船みたいに、みなとくんの笑顔《えがお》がはずんだ。

「それで、なんなの？」

ぼくは、まわりを気にしながら聞いた。

おなじクラスの男子たちが、追《お》いかけあいながら、電車みたいに通りすぎた。

そうぞうしい。まどをあけて、二人で顔をつきだした。

「あのさ。たいしたことじゃないんだけど、ぼくの家に、とまりにきてくれないかな」

「えっ？」

おどろいてると、みなとくんは、あわてた顔になる。

「うちのお母さんが夜勤《やきん》の日だけで、いいんだよ」

「夜勤の日だけ？」

みなとくんは、お母さんと二人ぐらしだ。もう死《し》んじゃったのか、お父さんの話は聞いたことがない。お母さんは病院《びょういん》ではたらいていて、ときどき、夜でていって、朝まではたらく日があるといってた。

そのことだ。

「わかった」

うちなら、だいじょうぶだろう。

お母さんは、薬局《やっきょく》でパートの仕事《しごと》をしていて、みなとくんのことも話題《わだい》にのぼる。たいてい、一人で留守番《るすばん》してるのがたいへんだってことだけど、ぼくにしてみれば、うらやましい。

だって、夜、じぶん以外《いがい》、家の中にだれもいないなんて、わくわくする。

とまりにいく話をすると、

「うちへきてもらったら？」

なんて、お母さんはいったけど、そんなの楽しくない。十分おきに、ようすを見にきそうだ。

みなとくんと二人なら、寝《ね》る時間を気にしなくていい。ずっとゲームをしたり、しゃべったり、宿題《しゅくだい》だって、いっしょにすれば、すぐにおわりそう。


夜、お母さんに、車で送《おく》ってもらった。

明日は学校が休みだから、えんりょなく夜ふかしできる。

「おかしばっかり、食べちゃだめよ！」

「わかってる」

「あばれて、家のものをこわしちゃだめよ！」

「わかってるよ」

返事《へんじ》しながら、だんだんとテンションがあがった。

ところが、玄関《げんかん》をあけたみなとくんは、いつもとかわらない顔をしてた。

「どうも、すいません」

お母さんに、弱々しく頭をさげる。

そしてぼくには、

「ほんとうに、きてくれたんだね」

テンションひくっ！

アクションよわっ！

二人で楽しく、さわぐつもりじゃなかったのか。

リビングで、さっそくおかしを食べながらゲーム、かと思ったら、テーブルにひろげてあったのは、宿題《しゅくだい》。

そして、宿題がおわると、さっさとおふろ。

ぼくは、湯船《ゆぶね》につかりながら、体をあらうみなとくんの背中《せなか》をながめていた。

なんでぼくは、ここによばれたんだろう？

ぼんやりと思っていたときだ。

「やっぱり、いっておいたほうがいいかな」

鏡《かがみ》にうつったみなとくんの目が、こっちを見ていた。

「えっ？　なにを？」

「ぼくの部屋《へや》で、いっしょに寝《ね》てもらうけど、いいよね」

「うん。いいよ」

もちろん、ぼくはそのつもりだった。

でも、それがどうしたのだろう？

おふろからでて、パジャマにきがえ、みなとくんの部屋へいった。

「どっちがいい？」

ベッドと、ゆかにはふとんがしいてあった。

「ふとんでいいよ」

すると、みなとくんは、ベッドにこしをかける。

まっ白なパジャマが、病人《びょうにん》みたいだ。

「あのね。最近《さいきん》ぼく、一人だとねむれないんだ」

みなとくんが、やっと重《おも》い口をひらいた。

そういえば、学校でも、ときどきねむそうにしていた。

授業中《じゅぎょうちゅう》、あてられても、答えられないときがある。

「なにか、なやみがあるんだろ。力になるよ」

すると、みなとくんは、こういった。

「夜中に、やねうらさまがでるんだよ」

「やねうらさま？」

ぼくは思わず、天井《てんじょう》を見た。

「なにかいるような気配《けはい》がして。何度《なんど》も起《お》こされて」

「それで、ずっとねむれなかったの？」

「うん。お母さんがそばにいると、気にせずに寝《ね》られるんだけど」

なるほど。それでぼくが、お母さんのかわりによばれたってことだ。

「それって、ゆうれいかな？」

ぼくだって、ゆうれいがでる部屋《へや》で、寝る自信《じしん》はない。

「わかんない。おかあさんが、それはやねうらさまっていって、家をまもってくださってるんだよ、だから安心《あんしん》していいって」

「じゃあ、見たことはないんだ」
「うん。でもきょうは、れいきくんといっしょだし、ぐっすりねむれると思う」
完全《かんぜん》に、あてにされてるみたい。
みなとくんは電気を消《け》すと、すぐに寝入《ねい》った。
すーすーと、寝息《ねいき》が聞こえる。
よかったね、みなとくん。
思って、いや、ちょっとまってと、大きく目をあけてしまった。
ちっちゃな豆電球《まめでんきゅう》がついている。
天井《てんじょう》は、いわゆる木目調《もくめちょう》。本物《ほんもの》の木かどうかはわからない。
いや、そういう問題《もんだい》じゃない。
そう。こっちがねむれなくなってきた。
上半身《じょうはんしん》だけ起《お》こして、みなとくんを見る。口を半びらきにして、よくねむっている。
いいことしているような気がして、少し安心《あんしん》した。
もう一度《ど》、ちゃんと横《よこ》になる。

ふとんにもぐってみる。

足のあいだに、ふとんをはさんでみる。

うつぶせになってみる。

ああ、だめだ。どんなかっこうをしても、ねむれそうにない。

何度《なんど》か、みなとくんを起《お》こそうか、なやんでやめた。

そりゃそうだ。みなとくんがぐっすりねむるために、ぼくはよばれたわけだから。

ここで起こしたら、本末転倒《ほんまつてんとう》……だっけ？　ミイラ取《と》りがミイラになる……？　こういうとき、なんていうんだっけ？

と、そのときだ。

——ガサッ、ガサッ、ガサガサ。

天井《てんじょう》のむこうで、音がした。

神経《しんけい》が、たこあげの糸みたいに、上にむかってピンとはった。

もしかして、やねうらさまって、これかな。

墨汁《ぼくじゅう》をこぼしたように、ぼくの心の中に不安《ふあん》がひろがった。

さっきまではなかったしみが、天井《てんじょう》にひろがった……ような気がする。

どこからか、ささやき声がきこえてくる……ような気がする。

いや、気がするだけじゃなかった。

天井にひろがったしみは、はっきりと黒い線になり、人の形になった。

見ちゃだめ！

そう思いながらも、目がはなせない。

少しずつ、顔つきがはっきりしてきた。

目も口も鼻《はな》も。

まゆげが太い、おじさんの顔だ。

そしてそいつは、ムカデかなにかのように、かべをするするとはっておりると、部《へ》屋《や》の中に立った。

いまや、半透明《はんとうめい》の空気人間みたいだ。

ぼくは、思わず体を起《お》こした。

目と口が、やたらうきでて見えた。

そして、なんとそいつは、ぼくを見てわらった。

目をそらして、みなとくんを見ると、おだやかにねむっている。口をうごかして、なにか食べる夢《ゆめ》でも見てるのか。

「見なれない顔だな」

そいつは、ぼくのそばにくると、いった。

「あ、きょうはじめて、とまりにきたんです」

「みなとのクラスメイトか？」

話す感《かん》じが、ちょっと上からっぽい。

「あ、はい。お世話《せわ》になります」

「いや、こちらこそ」

えっ？

こんどはていねいに、そのへんなのが、おじぎをした。

「あのぅ、おじさんは、やねうらさま、なんですか？」

思いきって、きいてみた。

「そう。この家のみんなは、そうよんでるみたいだ」

やねうらさまが、ぼくの前にぺたりとすわった。

こういうとき、なんと聞けばいいのだろうか。

たとえば、テレビなんかで、おとなどうしだと、

「○○さんとは、どのようなご関係《かんけい》で？」

そんな感《かん》じで聞くのだろうけど、小学生とゆうれいのパターンは、見たことがない。

でも、聞かなきゃ。

「どうして、この家にいるんですか？」

さすがに、みなとくんがめいわくしているとは、いえない。

なにしろ、相手《あいて》はゆうれいだから。なにするかわからない。

「まあ、縁《えん》というやつかな」

「縁？」

「そうだ」

ぼくは、やねうらさまのいうことを、なんとなく納得《なっとく》することにした。

やねうらさまは、そのあと、すっとベッドへ移動《いどう》すると、みなとくんの顔をのぞきこんだ。

とたんに、その表情《ひょうじょう》がやさしくなる。

まるで……。

「この子の寝顔《ねがお》も見たし、帰ることにするか」

ベッドのたなにある時計は、もう真夜中《まよなか》の一時だ。

やねうらさまは満足《まんぞく》したのか、すうっと、天井《てんじょう》へすいこまれるように消《き》えた。


つぎの日の朝、みなとくんは、とてもスッキリした顔をしていた。

「ありがとう。れいきくんのおかげで、ぐっすりねむれたよ」

「よかったね」

反対《はんたい》に、こっちは頭の中が、ぼーっとしてた。

「きのうの夜だけど、みなとくんがいってた、やねうらさまがでたよ」

「ふうん。そうなんだ」

あれっ？　なんだかかへん。さらりとながされてしまった。

そうか、あまり、かかわりあいたくないのだな。

しばらくして、お母さんが帰ってきた。

朝ごはんをつくってくれて、いっしょに食べる。やさしそうなお母さんだ。

「ありがとう、れいきくん。みなとのわがままを聞いてくれて。ところで、どうだったの、やねうらさま？」

「うん。れいきくんが、追《お》いはらってくれた。もうでないって」

みなとくんが、さきに答える。

「ねっ、そうだよね」

「いや、そんな……。まだ、たぶんでると……」

「じゃあ、またこんど、とまりにきて。そのとき、なんとかしてくれたらいいから」

「そうね。それがいいわ」

どういうこと？　ぼくには、ウンもスンもいわせない、このながれ。

かといって、なにもいえず、ぼくはつぎの夜勤《やきん》の日も、とまりにくるやくそくをしていた。そして、ぼくがやねうらさまを追《お》いはらうことになっていた。

家に帰って、ぼくは、あのやねうらさまに感《かん》じた、ちょっとした疑問《ぎもん》を考えていた。

ソファにすわり、ぼうっとテレビ画面《がめん》をながめていた。

お母さんが、そばにすわる。

「ねえ、お母さん。『縁《えん》』て、どういう意味《いみ》？」

「縁？」

「うん。縁があって、ここにいるとか」

「それは、つながりってことよね。たとえば、縁結《えんむす》びの神《かみ》さまとか、れいきとお母さんなら、血縁関係《けつえんかんけい》があるっていうふうにつかう」

「血縁？」

「そう。親子だから」

「お父さんの場合も？」

「もちろん」

なるほど。やっぱり。

ぼくは、あのとき思った。やねうらさまが、やさしい顔で、みなとくんの寝顔《ねがお》をのぞきこんでいるとき。

もしかして、やねうらさまって、みなとくんのお父さんのゆうれいなんじゃないかと。でも、じぶんが父親だって名乗《なの》るのがてれくさくて、「縁《えん》」なんていいかたしたんだ。

そう考えると、納得《なっとく》。

みなとくんは、すがたを見たことないっていってたけど、ゆうれいって、親子では見えないのかもしれない。

一週間がたって、ぼくはまた、みなとくんの家へとまりにいった。

ぼくは、ずっと、やねうらさまとみなとくんとの関係《かんけい》を、口にしようかまよっていた。

そしてけっきょく、なにもいえないまま、寝《ね》る時間をむかえた。

「きょうも、ふとんでいいかな？」

みなとくんが、気をつかっていう。ぼくは、どっちでもいいよと、うなずいた。

「今夜、またあらわれたら、よろしくね」

「うん。でも……」

ぼくが、そんなに悪《わる》いやつでもないよ、というまえに、

「できれば、もうあらわれないように、たのんで」

そんな、かわいそうなことをいう。

きみのお父さんなんだよって、思わずいいそうになった。

けっきょく、あいまいに答えて、ぼくはふとんの中にもぐった。

今夜も、でるのだろうか。

豆電球《まめでんきゅう》の明かりにうつしだされた天井《てんじょう》から、ぼくは目がはなせないでいた。

頭の中で、さっきみなとくんがいった言葉《ことば》を、くりかえしてみた。

――できれば、もうあらわれないように。

ゆうれいに同情《どうじょう》するつもりはないけど、それって、ちょっと、ひどいんじゃないかな。

そんなことを思ったせいか、ふいに天井《てんじょう》に、例《れい》のしみがあらわれた。

みるみるうちに、人の形になった。

みなとくんはといえば、もうすっかり夢《ゆめ》の中だ。

今夜は早くきてくれたから、たすかる。

「こんばんは、やねうらさま」

「ああ、きょうもきてたんだ。感心《かんしん》、感心」

「なにが感心なの？」

「それはつまり、友だち思いだから」

「うん、まあね」

こうしてしゃべっていると、いやだとか、こわいだとか思わない。

やねうらさまは、きょうも、みなとくんの寝顔《ねがお》をのぞきにいく。

そのうれしそうな顔を見ると、心がいたむ。だって、みなとくんは、やねうらさまのことを、めいわくだと思ってるんだ。

「ねえ、やねうらさま」

「えっ、なに？」

やねうらさまは、顔をあげると、そばへきた。

かわいそうだと思ったけど、きょうはいわなきゃ。ぼくだって、こうして、いつもとまりにくるわけにはいかない。

「あのう、すごく、きついことをいうようだけど、聞いてくれる？」

「ああ。なにかな」

「あのね、みなとくんは、やねうらさまに、きてほしくないんだって」

なんだか、じぶんが悪魔《あくま》になった気分。これじゃ、ゆうれいのほうが、まだかわいい。

やねうらさまは、しゅんと、うなだれてしまった。

しばらく、沈黙《ちんもく》がつづいた。

「それじゃあ、わたしは、どこへいけばいいのですか……」

そういって、やねうらさまは、ずずっと鼻水《はなみず》をすすった。

どうしよう。ゆうれいを泣《な》かしちゃった。

「いくところが、ないんですか？」

「そうだよ。だから、ここにいるんじゃないか」

「じゃあ、こうしたら。うちのやねうらに住《す》んで、三か月に一回くらい、みなとくんの寝顔《ねがお》を見にくるとか」

ぼくはそういって、みなとくんを見た。すこしわらっているような。きっと、いい夢《ゆめ》でも見ているのだろう。

「そうかい。じゃあ、お世話《せわ》になることにしようかな」

「あした帰るとき、いっしょにくればいいよ」

「じゃまじゃないかな」

「ぜんぜん」

やねうらさまが、安心《あんしん》したような顔になる。ぼくは、いいことをしているような気がした。

やねうらさまは、満足《まんぞく》したのだろう。しみになると、天井《てんじょう》のむこうに消《き》えていった。

つぎの日の朝、みなとくんのお母さんが帰ってきてから、ぼくは発表《はっぴょう》することにした。

朝の食卓《しょくたく》で、ぼくは、みなとくんとパンをかじる。

お母さんが、三人分のハムエッグをやいて、席《せき》についた。

さあ、いうぞ。ぼくはパンをのみこんだ。

「きのうの夜、やねうらさまにいったからね。もう、みなとくんのところには、あらわれないようにって」

「ありがとう、れいきくん」

「よかったわね、みなと」

みなとくんとお母さんが、おそろいの笑顔《えがお》を見せた。

ぼくはすこし、悲《かな》しくなった。これでは、やねうらさまがかわいそうだ。

「でも、三か月に一回くらいは、くると思う」

ぼくがいうと、みなとくんは、きょとんとした顔になった。

だって、きみのお父さんじゃないか！

そういおうとしたときだ。

「あ、みなと。きのう、お父さんからメールがあって、来月は帰ってこられそうだって」

「えっ、なんで？」

思わず、ぼくの口からとびだした。

「どうしたの？」

みなとくんのお母さんが、聞いてきた。

「だって、おとうさん、いないんじゃ……」

「そうよ。今は、インドネシアではたらいてるの。二か月に一回くらいかな、帰ってくるの」

「そんな……」

じゃあ、あのやねうらさまは、なんなんだ。

「どうしたの？　なんかへんだよ。れいきくん」

みなとくんの問いかけに、ぼくは、だいじょうぶと、首をふるのがやっとだった。

その日の夜から、さっそく、やねうらさまは、ぼくの部屋《へや》にあらわれた。

しかも、トランプや、カードゲームを持《も》って。

しかもしかも、遊《あそ》びはじめると、じぶんの気がすむまで帰ってくれない。

当然《とうぜん》、ぼくは寝不足《ねぶそく》になった。

「みなとくんのお父さんの、ゆうれいじゃなかったの」

もんくをいうと、

「そんなこと、ひとこともいってねえ。おまえが勝手《かって》に、そう思ったんだろ」

どうも、みなとくんにも、やねうらさまは見えていたようだ。ぼくとおなじように、毎晩《まいばん》、遊び相手《あいて》をさせられて、寝不足になってたみたい。

「住《す》む場所《ばしょ》さえ紹介《しょうかい》してくれたら、いつだって、でていってやるぜ。ここへきたようにな」

やさしそうだったやねうらさまは、急《きゅう》に強気になって、まるでおどかされてるみたいだ。

Draw four
+4
JOKER

郵便はがき

料金受取人払郵便

牛込局承認

8554

差出有効期間
2018年11月30日
(期間後は切手をおはりください。)

162-8790

東京都新宿区市谷砂土原町3-5

偕成社 愛読者係 行

ご住所	〒□□□-□□□□ 都・道 府・県 フリガナ	
お名前	フリガナ	お電話
ご希望の方には、小社の目録をお送りします。 [希望する・希望しない]		

本のご注文はこちらのはがきをご利用ください

ご注文の本は、宅急便により、代金引換にて1週間前後でお手元にお届けいたします。本の配達時に、【合計定価(税込)+代引手数料300円+送料(合計定価1500円以上は無料、1500円未満は300円)】を現金でお支払いください。

書名		本体価	円	冊数	冊
書名		本体価	円	冊数	冊
書名		本体価	円	冊数	冊

偕成社 TEL 03-3260-3221 / FAX 03-3260-3222 / E-mail sales@kaiseisha.co.jp

＊ご記入いただいた個人情報は、お問い合わせへのお返事、ご注文品の発送、目録の送付、新刊・企画などのご案内以外の目的には使用いたしません。

★ ご愛読ありがとうございます ★
今後の出版の参考のため、皆さまのご意見・ご感想をお聞かせください。

●この本の書名『　　　　　　　　　　　　　　　　　　　　　　　　　　　』

●ご年齢（読者がお子さまの場合はお子さまの年齢）　　　　歳（ 男 ・ 女 ）

●この本のことは、何でお知りになりましたか？

1. 書店　2. 広告　3. 書評・記事　4. 人の紹介　5. 図書室・図書館　6. カタログ
7. ウェブサイト　8. SNS　9. その他（　　　　　　　　　　　　　　　　　　　　）

●ご感想・ご意見・作者へのメッセージなど。

ご記入のご感想を、匿名で書籍の PR やウェブサイトの
感想欄などに使用させていただいてもよろしいですか？　（はい ・いいえ）

＊ ご協力ありがとうございました ＊

ぼくは、学校でも、ねむくてしかたがなかった。

「たすかるよ。れいきくんが、やねうらさまのめんどうみてくれて」

みなとくんにお礼《れい》をいわれて、返《かえ》す言葉《ことば》もない。

休み時間も、ぼくはつくえにつっぷして、うとうとするようになった。

そんなある日のこと。

「ねえ、どうしたの、れいきくん？」

はるとくんが、声をかけてきた。

今だ！

ぼくは、重《おも》そうに顔をあげていった。

「はるとくん。きみって、ぼくの友だちだよね」

◆作者《さくしゃ》より

みなさんは、サキというイギリスの作家を知っていますか？

短編小説《たんぺんしょうせつ》といって、短《みじか》い作品《さくひん》を得意《とくい》としていました。その中でも、わたしが好《す》きなのは「開《ひら》いた窓《まど》」という作品です。意外《いがい》な結末《けつまつ》がまっています。

ちょっと不思議《ふしぎ》で、ユーモアがあるのですが、「へえっ」とか「ほおっ」とか、感《かん》心《しん》する人がある反面《はんめん》、「なんじゃこりゃ？」と思う人もいるでしょう。

でも、安心《あんしん》してください。なんじゃこりゃ、と思った人も、おとなになったら、また、おもしろいと思うかもしれません。

ピーマンやニンジンやセロリが、生ガキやレバーや納豆《なっとう》が、今はきらいでも、おとなになると、おいしく感じるようにね。それが、人生の味《あじ》わいというものです。

ああ、わたしは今でも、生ガキとレバーはきらいだけど。

魚心《うおごころ》あれば？

二宮由紀子《にのみやゆきこ》

水沢麻衣《みずさわまい》、って名前は知ってた。

たぶん小学校に入学してすぐ、一年生のころからだ。

ものすごくかわいい、って、みんながいってた。それに絵とか習字とかもうまくって、勉強《べんきょう》もできるらしかった。

でも、そんなの聞いても、おれは、ふーん、って思ってただけなんだ。

いや、べつに、かっこつけてたわけじゃないよ。そのころは、サッカーの選手《せんしゅ》とかのほうが興味《きょうみ》あったし。

ま、いまから思えば、子どもだった、ってことかもしれないけど。


町内のサッカーチーム、〈レアル今通《いまどおり》〉に入るのは、おれだけ、ほかのやつらにくらべてすごくおそくて、四年になってからだった。

〈レアル今通《いまどおり》〉は、わりと新しくできたチームだけど、市内でも有名《ゆうめい》だった。

といっても強いからじゃなくて。うん、そう。名前がふざけてる、って。

スペインの強豪《きょうごう》チーム、レアル・マドリからつけた名前だって、サッカー知ってるやつなら、だれでもすぐわかるよね。

とくに問題《もんだい》は、「レアル」ってとこ。「レアル」って、スペイン語で「王家の」って意味《いみ》なんだ。今通《いまどお》りのどこさがしたって、もちろん、王家なんかない。〈キング〉ってパチンコ屋《や》ならあるけど。

でもさ、笑《わら》われても、けなされても、〈レアル今通《いまどお》り〉はいいチームだった。レアル・マドリみたいな、ほんとの強豪《きょうごう》チームをめざしてた。

練習《れんしゅう》も、いままでの近所《きんじょ》の公園でボールけってたのとぜんぜんちがって、ちゃんと「運動理論《うんどうりろん》」があって、強くなるための「練習計画」があって、試合《しあい》までの「コンディションのととのえ方」とかもあって、ものすごくおもしろかった。

監督《かんとく》やコーチのほかに、中学や上の学年のレギュラーの人たちが教えてくれる時間も週に何回かあって、そうすると、あっ、こんなふうにするから、この人はうまいプレーができるのか……とか、わかってくる。

へたくそなくせに、いばるだけの人にあたるときは最低《さいてい》だけど。それとか、自分たち同士《どうし》でだらだら関係《かんけい》ない話だけしてて、これでもレギュラー選手《せんしゅ》かよ、みたいな人とか。

そう、そして水沢麻衣《みずさわまい》の名前は、そんな上の学年の人同士《どうし》の話の間でもよく聞くようになったんだ。


「あの松阪《まつざか》さんでも、麻衣ちゃんだけは手が出せないってさ」

「ほんとかよ？　あの女殺《おんなごろ》しが？」

「そりゃ、手ェ出したら、サッカー選手《せんしゅ》は反則《はんそく》だしな」

「そう、ハンド、ハンド」

「それじゃ、水沢麻衣ちゃんに手を出せるのは、キーパーのオレだけってことだな」

「まさか。手塚《てづか》じゃ、手も足も出せないってとこだろ」

「足はないぞ、手塚には」

「そう、足がなくても、図体《ずうたい》でかいだけでサッカーやってられるのは、手塚のポジションだけだからな」

「なにいってんだ、おまえらだって短足《たんそく》のくせに。だから、すぐボールもうばわれる

んだ」

「あーあ、短足《たんそく》のオレたちがまごまごしてるうちに、麻衣《まい》ちゃんがだれかにうばわれちゃうなんてこと、ないといいなあ」


レギュラーの人たちが笑《わら》いあうのを聞いてると、そんなに水沢《みずさわ》麻衣って子は人気あるのか、っていうのと、なんか、真剣《しんけん》にサッカーの練習《れんしゅう》してるのに先輩《せんぱい》がそんな話してるなよ、みたいな気持《きも》ちがいりまじって。

でも、そんないらいらした気持ちの中で、おれの中でも、水沢麻衣って名前がだんだん強くプリントされてきてたんだと思う。

自分ではまだ全然《ぜんぜん》、意識《いしき》もしてなかったんだけど。


で、五年になってからだ。

クラス替《が》えで、水沢麻衣といっしょになった。

はじめて見たときから、ぶっとんだ。こんな子いるんだ、と思った。

テレビで見るアイドルなんかより、ずっとずっとかわいかった。女子の中で水沢麻《みずさわま》衣《い》だけが別格《べっかく》というか、そのまわりだけ、なんかすうーっと透明《とうめい》な光がまき散《ち》らされてるみたいだった。

おれは口をあけて見ていたのかもしれない。

「水沢さんに見とれてんじゃないぞ、魚谷《うおたに》」

って、前のクラスからいっしょだった山口《やまぐち》あいにいわれたから。

水沢麻衣は声もきれいだった。だれかによばれると、「はい」って、ふりかえって、まっすぐ、そいつの目を見て話す。

あんなふうに水沢麻衣にみつめられたまま、よくしゃべれるな、と、おれはそいつらに感心《かんしん》してしまう。

おれだったら、ぜったい無理《むり》。そりゃ手塚《てづか》さんじゃなくたって、手も足も出ないよ。もう、しっぽをまいて逃《に》げだすしかない。

そう、松阪《まつざか》さんでも無理だってのは、よくわかった。だって、松阪さんが試合《しあい》につ

れてくるような女の子たちなんか、見た目は派手《はで》だけど、ただの金魚のフン、という
か安物《やすもの》のイワシの群《む》れみたいなもんだもの。
その点、水沢麻衣《みずさわまい》は……水沢麻衣は本物《ほんもの》のプリンセスみたいだった。

〈高倉《たかくら》フットボーラーズ〉との試合《しあい》に負《ま》けて帰ってきた夕方だ。
出されたイチゴを食べてたら、突然《とつぜん》、特進塾《とくしんじゅく》のパンフレットを見せられた。
「もう五年生なんだし、いつまでもサッカーだけやってるのもねえ」
「だって、もうちょっとでレギュラーなれそうなんだよ。きょうだって、後半二十分
出してもらったし」
ほんとは十分だったけど、多少サバ読んだって、どうせ母親には、ばれないもんね。
でも、相手《あいて》は聞く耳をもたなかった。
「中学入ってからだって、サッカーはまたつづけられるじゃないの。それより、ここ、
クラスの人もたくさん通ってるって聞くわよ」
母親はＰＴＡ《ピーティーエー》なんかやってるから、顔が広い。

「ほら、大西《おおにし》くんとか、駒田《こまだ》くんとか、藤丸《ふじまる》くん……」

「くそ真面目《まじめ》な秀才《しゅうさい》ばっかりだよ」

「女の子だって行ってるのよ。学級委員《がっきゅういいん》の水沢《みずさわ》さんとか、高梨《たかなし》……」

フォークが一瞬《いっしゅん》とまってしまった。


塾《じゅく》がお金がかかるというので、〈レアル今通《いまどおり》〉は今月いっぱいでやめさせられることになってしまった。

「それにサッカーの練習《れんしゅう》や試合《しあい》でつかれちゃうと、塾の宿題《しゅくだい》ができなくて、勉強《べんきょう》についていけなくなるかもしれないし」

という母親の意見《いけん》にあっさりうなずいてしまったのは、おれ自身《じしん》にも、塾の教室でちゃんと答えられなくて恥《はじ》をかいたりするのはいやだ、という気持《きも》ちがあったからだ。

「信《しん》じられない」

「ほんとにやめちゃうのか、レアル」

いっしょにレギュラーめざしてた友だちや先輩《せんぱい》たちが、わざわざ、おれの教室にまで来て、ひきとめてくれたけど、「親がうるさい」で、とにかく通した。

もう決《き》めたんだし。

土曜から特進塾《とくしんじゅく》に行く。


特進塾の一日目に、あまかった、と気づいた。

特進塾は能力別《のうりょくべつ》クラスに分けられてて、入ったばかりは全員《ぜんいん》、いちばん下のD《ディー》クラスに入れられるのだ。

教室に水沢麻衣《みずさわまい》はいなかった。

一瞬《いっしゅん》、帰ろうかと思ったけど、十五日後に特進テストがある。それで、いい成績《せいせき》をとれば、上にあがれるそうだ。

十五日後。

がまんするか、そこまで。


母親の情報《じょうほう》にはなかったけど、同じクラスの長池《ながいけ》が、二日目、Dクラスの教室に入ってきた。

こいつは大西《おおにし》たちみたいな真面目秀才《まじめしゅうさい》じゃないけど、勉強《べんきょう》はできる。で、話を聞いてたら、なんと、きのうまでは特進A《とくしんエー》クラスにいたっていう。でも授《じゅ》業中《ぎょうちゅう》にスマホをいじってたのがみつかって、いちばん底《そこ》にもどされてきたんだって。

「『底』っていうのか、このクラス」

「デラックス・クラスともいう。デラックス・アホ・クラス」

「……で、上のようすはどうなんだ？」

おれは、いちばん聞きたかったことを聞いた。なるべく何でもないふうに。

「特進A？　けっこうきびしいよ。宿題《しゅくだい》多いし」

「ふうん……大西みたいな真面目秀才ばっかかし？」

「いや、じつはそうでもない。水沢《みずさわ》さんもいるしね。ああ、もどりたいなあ、早く上へ」

特進テストの日まで、正直《しょうじき》これだけ勉強したのって、おれ、生まれて初《はじ》めてだと思う。

人生初《はじ》めての頭痛《ずつう》まで経験《けいけん》してしまった。

あれ、痛《いた》いよね、ずきずきして。

「りっぱになるのには、少しくらい、がまんをしなければいけません」って、入塾面《にゅうじゅくめん》接《せつ》のとき、塾長《じゅくちょう》のじいさんがいってたけど、べつに、おれは「りっぱに」なんて、なりたくはないんだ。特進A《とくしんエー》に行きたいだけで。

でも、「がまん」をしたおかげか、なんと最初《さいしょ》の特進テストで、あっさり特進Aに行けることが決《き》まった。

おれ、もしかしたら、「やればできる子」だったのかもね。

D《ディー》クラスの教室は「底《そこ》」にふさわしく一階《かい》だったけど、特進Aの教室は四階だった。ドアをあけたとたん、教室いっぱいにさしこんでいる陽射《ひざ》しの明るさに、まずおどろいた。

そして次《つぎ》の瞬間《しゅんかん》に、もっとおどろいた。

「あっ、魚谷《うおたに》くん」

水沢麻衣《みずさわまい》が、まっすぐおれをみつめて、花のような笑顔《えがお》をはじけさせたんだ。

水沢麻衣がおれの名前を覚《おぼ》えててくれたなんて、思わなかった。いや、そりゃ同じクラスだから、なんとなく覚えていてはくれたのかもしれないけど、でも、まさか、すぐに「魚谷くん」って……。

おれは口をぱくぱくさせてるだけだった。

声なんか出てこなかった。

それが水沢麻衣に「魚谷くん」ってよばれた最初《さいしょ》だったから。


「魚谷くん。おべんとう、かわいい」

急《きゅう》に水沢麻衣の声が降《ふ》ってきて、マカロニサラダから顔をあげたら、笑顔があった。

茶色のひとみが、いたずらっぽく動《うご》いている。おれの目をまっすぐ、みつめたまま……。

「ガンバレ、だって。いいなあ。うちのママなんか、そんなの、ぜったいつくってくれないよ」

と、水沢麻衣《みずさわまい》のくちびるが、かわいらしくとがって、

「魚谷《うおたに》くん、愛《あい》されてるんだ」

と、また笑顔《えがお》にもどった。

「わあ、ほんとだ、きれい」

「ンの点は小さく切ったキヌサヤで、濁音《だくおん》の点々は中のお豆《まめ》っていうのがすてき」

ほかの女子が集《あつ》まってきたから、

「……そんな、さわぐほどのもんじゃないって」

おれは、べんとうの文字を手でかくした。

ガンバレ。

きょう、「魚谷くんって無口《むくち》なのね。かわいい」っていわれた。

ガンバレ。

おれ、無口《むくち》で通すことにした。


「魚谷《うおたに》、最近《さいきん》あんまり、しゃべらなくなったよね」

学校でも、山口《やまぐち》あいにいわれるようになった。

「三、四年のころは、うるさいくらい、べらべらしゃべってたのに」

うるさいくらい？

うるさがられてたのか、おれ、こいつに？

山口がおれのことすきなのは、三年のころからわかってて、おれも、この子ちょっとかわいいかな、ってふうに思ってたんだ。

四年まではね。

井《い》の中の魚谷、大海《たいかい》を知らず。

おれ、断然《だんぜん》、無口でいくことにした。

長池《ながいけ》が特進《とくしん》Ａ《エー》クラスにもどってきた。

「よっ」

と、おれに手をあげて
「麻衣《まい》ちゃーん、なつかしかったあ」

なんと水沢《みずさわ》麻衣の肩《かた》に手をまわして、だきよせるポーズをする。

「長池くーん」

と、水沢麻衣までが、はしゃいだ高い声を出して、

「もどってきてくれたのね。永遠《えいえん》に底《そこ》にいるのかと思ってた」

なんていう。

そして、おれのほうを向《む》いて舌《した》を出したから、おれ、その瞬間《しゅんかん》だけ、長池に腹《はら》立てるのもわすれて、見とれてしまった。

長池は、たしかに、おもしろいやつだ。

おれも、こっちの路線《ろせん》でいこうかと思いはじめたくらいだ。

長池《ながいけ》がクラスにもどってから、確実《かくじつ》に、水沢《みずさわ》はよく笑《わら》うようになっていた。

それで、長池と水沢とおれ。なんとなく三人で話す時間が多くなってきた。

といっても、おれはほとんどだまってて、長池と水沢の話すのを見てるだけなんだけど。

なんか、ずっとだまってると、どう口をはさんだらいいのかも、よくわからなくなってくる。

どうしたんだよ、おれ？

口がきけないのって、けっこう、苦《くる》しい。


今日、長池が休んだ。インフルエンザだって。

学校も塾《じゅく》も休んで三日目。水沢はふっと、いったんだ。

「長池くん休んでると、なんかおちつくっていうか。あの子の冗談《じょうだん》聞いて、いつも笑ってなきゃいけないのって、ちょっとつかれるよね」

おれ、路線変更《ろせんへんこう》しないで、ほんとによかった。

インフルエンザも水沢《みずさわ》のことは、おそれおおくてよけて通るのか、水沢は塾《じゅく》も学校も休むことはなかった。

でも、からだは弱いのかもしれない。ふだんから肌《はだ》は白いんだけど、ときどき白を通りこして、もうすきとおるような色をしている日があるから。

それに、そんな日は、「なんか今日、食欲《しょくよく》なくて」って。

あんなに体育《たいいく》はよくできるのに、じつはからだが弱い女の子って、なんか神秘的《しんぴてき》っていうか、かっこいい、っていうのも変《へん》だけど。

で、その日も、朝からそんなすきとおるような顔の色をしてたんだけど、ホームルームが終《お》わって立ちあがったときに、急《きゅう》に、がたん、という机《つくえ》の音がして、教科書がばさばさって散《ち》らばって、まっさおな顔した水沢が、いすの横《よこ》にたおれてた。

「どうした、水沢」

森川《もりかわ》先生がさけんで、クラスじゅうが全員《ぜんいん》立ちあがって、ざわついた。

「保健委員《ほけんいいん》」と、森川先生がよんだから、「はい」って、おれは返事《へんじ》した。

「いっしょに水沢《みずさわ》のこと、保健室《ほけんしつ》にはこぼう」

「はい」

おれも興奮《こうふん》してぶるぶるしてたけど、森川《もりかわ》先生も、あんな顔してるのは初《はじ》めて見た。水沢をだきかかえるようにして、おれを見たから、おれは、どうしたらいいか、まさか、おれがこの手で水沢のからだにふれる？

思っただけで、おれがたおれそうで、ただ、つっ立っていたら、先生は水沢のからだを横《よこ》だきにしたまま、立ちあがった。

「魚谷《うおたに》、じゃ、ドアあけて」

「はい……あ……」

おれはあわてて教室の前のドアにとんでって、ドアをいちばん大きくあけた。

先生が水沢のからだをだいたまま、おれのそばに近づく。

おれはどきどきして、うまく水沢の顔を見れなかった。ぶらんとたれさがったうでの白さだけが目にやきつく。

先生は水沢の顔をのぞきこんで、それから、教室を出るときになってはじめて気が

ついたのか、ふりかえって、

「みんなは自習をしてるように」

っていった。

その日、水沢《みずさわ》は塾《じゅく》も休んだ。
でも、この日のプリントで出てきたことわざ。
『魚心《うおごころ》あれば水心《みずごころ》
意味《いみ》＝魚に水と親しむ心があれば、水の方もそれに応《おう》じる心がある。すなわち、相《あい》手《て》が好意《こうい》をしめせば、こちらも相手に好意をしめす気になるたとえ』
なんか、どきどきした。
すぐあとに、
『およばぬコイの滝登《たきのぼ》り
意味＝無理《むり》をしても、どうしてもできないことのたとえ』
ってのも出てきたけど。

森川《もりかわ》先生が水沢《みずさわ》のこと、えこひいきしてるといいだしたのはクラスの女子で、それまで森川先生のこと、「かっこいい」とさわいでいた女子まで、急《きゅう》に「森川先生、きもい」というようになった。

おれは、もともと一学期《がっき》のときから、森川先生が水沢のこと特別《とくべつ》あつかいしてるみたいなのはわかってて、それもべつにしかたないなってふうに思ってたと思う。だって、水沢なんだし。

おれが森川先生の立場だって、きっとそうなる。

だけど、女子はゆるさなかった。授業中《じゅぎょうちゅう》にも先生のいうことをわざと無視《むし》したり、先生が何か失敗《しっぱい》すると、大勢《おおぜい》でくすくす笑《わら》ったりするやつらが増《ふ》えてきた。それまでは「森川先生、かっこいい」って、率先《そっせん》していってた高梨《たかなし》や山口《やまぐち》みたいなやつらだ。

おれは、はじめて森川先生のこと、かわいそうに思った。あいつらのほんとに腹立《はらだ》ててるのは水沢に対《たい》してなのに、水沢の悪口《わるくち》はいえないもんだから、森川先生の悪口をいってるんだ。

でも、

「森川《もりかわ》先生、かわいそう」

と、水沢《みずさわ》が塾《じゅく》でいったとき、おれは自分でもおどろいたくらいに、いらっとした。

「わたしのせいかもしれない」

と、水沢はつづけていって、ものすごくつらそうな顔をしたから、

「……そ、そんなことないよ」

と、おれは思わず、無口《むくち》の誓《ちか》いをわすれて、いった。

「男子でも、最初《さいしょ》から森川のこと、きらいなやつらはいたから」

それはほんとだ。

「先生のくせに、かっこつけすぎ、とか……」

「……そう？」

水沢は、びっくりした声をあげて、それから、ちょっと弱いほほえみをうかべた。

「……ありがとう」

おれと水沢《みずさわ》の距離《きょり》は、少しずつ近づいてきたのかもしれない。今日、水沢は志望校《しぼうこう》のことについても話した。

「ほんとに行きたいのは付属《ふぞく》なの。受《う》かるかどうかわからないけど。女子校で六年間っていうのは、なんか苦手《にがて》な気がして……」

おれも志望は付属にすることにした。

「おれも付属に変《か》えよっかなあ、麻衣《まい》ちゃんが付属受けるんなら」

「もうっ、長池《ながいけ》くんったらあ」

水沢が長池のことを見てわらう。

だけど、おれはもう動《どう》じない。下を向《む》いたまま、いそいで、さっといってやった。

「おれは最初《さいしょ》から付属志望」

おれは水沢と、付属の試験問題《しけんもんだい》についての情報交換《じょうほうこうかん》とか、入学したらどこのクラブに入るかなどの話も、少しずつできるようになってきた。

だけど、いやな話も聞いてしまった。

「森川《もりかわ》先生も付属出身《ふぞくしゅっしん》なのよね。さすが」って。

そして、おれの最後《さいご》の決定的《けっていてき》な悲劇《ひげき》は、いちばんの喜《よろこ》びの瞬間《しゅんかん》の直後に来た。

水沢《みずさわ》とおれ、猛勉強《もうべんきょう》の甲斐《かい》あって、ふたりとも付属に合格《ごうかく》したんだ。

「ばんざい！　よかったな」

「うん、森川先生の後輩《こうはい》になれた……」

水沢の目がうるんでいる。

「もちろん、付属に森川先生以上《いじょう》の人がいるとは思わないけど……でも、うれしい……」

おれは、言葉《ことば》を失《うしな》っていた。

ああ、おれのこれまでの努力《どりょく》が……努力が全部《ぜんぶ》、水の泡《あわ》だぜ……。

でもね、神《かみ》は存在《そんざい》したんだ。

付属《ふぞく》に入学する前日、〈レアル今通《いまどおり》〉で知ってた先輩《せんぱい》から、サッカー部《ぶ》に入らないかって誘《さそ》いの電話があって、行ったら、上の学年で五人も、もと〈レアル今通《いまどおり》〉の人たちがいた。

「もうレアルでは、やってないんですか?」

「うん、ここの方が楽しいしね。だって、付属のサッカー部、部員《ぶいん》少ないから全員《ぜんいん》レギュラー。っていうより、試合《しあい》になったら人数足りなくて、陸上部《りくじょうぶ》とかラグビー部からメンバー借《か》りてくるくらいだからさ。レアルで理論《りろん》がどうのっていったって、試合出れないなら、どうしようもないでしょ。理論ばっかかみがくより、やっぱ、試合でボールけるのがいちばん。魚谷《うおたに》、おまえも入部《にゅうぶ》したら、即日《そくじつ》レギュラーだぜ」

その言葉《ことば》にひかれて入部したのも事実《じじつ》だけど、もうひとつ、決定的《けっていてき》な出会いがあって。

天使《てんし》みたいなかわいい女の子がマネージャーなんだよね。おまけに、となりの部室の女子サッカー部がまた、かわいい子いっぱいなんだ。

しかも、おれ、入部一週間でもう、そのうちの一人から告白《こくはく》されちゃった。天にものぼる気持《きも》ちって、こういうの？

あ？　水沢《みずさわ》？　なんか森川《もりかわ》って名前のメガネのやつと、つきあいだしたみたい。名前だけで好《す》きになるって、なんなんだろね。変《へん》なやつ。

◆作者《さくしゃ》より

名前だけで好《す》きになるのも、見かけだけで好きになるのも、変《へん》なことにはちがいありませんが、古典《こてん》とよばれるお話には、見かけや家系重視《かけいじゅうし》の変な恋愛《れんあい》がよく出てきます。『おやゆび姫《ひめ》』なんかも、「心がやさしい」と強調《きょうちょう》されてるにもかかわらず、顔がみにくいとか家がきたないとかで平気《へいき》で男を差別《さべつ》するし、ビジュアルがよくて金の冠《かんむり》をくれる王子に出会うと、恩《おん》になったツバメから乗《の》りかえて、さっさと結婚《けっこん》してしまいます。ま、アンデルセンの童話《どうわ》には、「なんだ、この女?」系《けい》の女がよく出てきて、たぶんアンデルセン自身《じしん》がもてなかったか、手ひどい失恋《しつれん》を経験《けいけん》したかで、女という生《い》き物《もの》にうらみをもっていたのにちがいありません。

そんななかで、今回パロディのネタにした『人魚姫《にんぎょひめ》』だけは、いじらしいほど強い一途《いちず》な女。とはいえ、原作では最後《さいご》に、とってつけたように教訓《きょうくん》が出てきたり、笑《わら》えます。「古典は退屈《たいくつ》」と思われているみなさん、「古典はりっぱな学ぶべきもの」と思われているみなさん、みなさんもぜひ「古典」を笑って読む楽しさを味《あじ》わってください。そのコツさえつかめば、退屈な学校生活だって笑ってすごせるかもしれませんよ。

迷《まよ》い家《が》

廣嶋玲子《ひろしまれいこ》

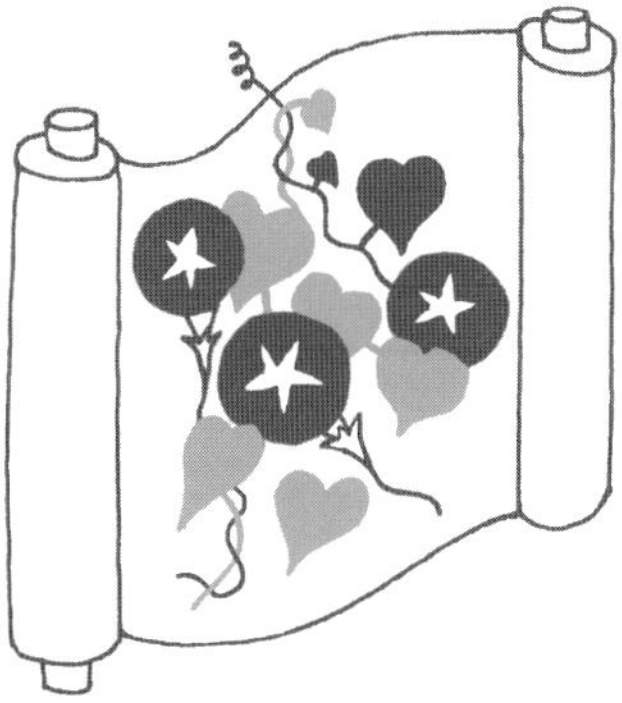

あーっ！

だれかの悲鳴《ひめい》が聞こえたかと思ったら、ごろごろっと、たくさんの夏ミカンが坂道《さかみち》をころがってきた。

まずい！　とめなくちゃ！

隼人《はやと》はとっさに、持《も》っていたバッグを投《な》げだして、夏ミカンのなだれをくいとめた。
二、三個《こ》、こぼれてしまったやつは、いそいで追《お》いかけてひろいあげた。
なんとか全部集《ぜんぶあつ》められたところで、隼人は首をかしげた。

ここは近所《きんじょ》の里山《さとやま》だ。いつだって人気《ひとけ》がなく、こんもりと草木がしげっている。今は夏なので、セミがうるさく鳴いているが、いつもはとても静《しず》かな場所《ばしょ》なのだ。

それなのに、だれかの悲鳴が聞こえた。つづいて、夏ミカンがころがってきた。なんだか、いつもの里山らしくない。

隼人は小学四年生。この里山には、夏休みの自由研究《じゆうけんきゅう》の課題《かだい》をさがしに来たのだ。雑草《ざっそう》を集めて、押《お》し花《ばな》の標本《ひょうほん》でもつくろうかと思っていた。押し花なら、お金がかからないから、母さんにもめいわくをかけずにすむし。

自分の家が貧乏《びんぼう》だというのを、隼人《はやと》はちゃんとわかっていた。

と、坂道《さかみち》の上のほうから、ゆかたを着《き》た小柄《こがら》なおばあさんが走ってきた。

隼人と、隼人の腕《うで》の中の夏ミカンを見るなり、おばあさんはほっとしたように笑《わら》った。おばあさんなのに、なんともかわいい笑顔《えがお》だ。青い朝顔のゆかたも、とても似《に》合《あ》っている。

「ああ、よかった！　下まで行ってしまったかと思ったのよ。あなたがとめてくれたのね。ありがとう。ほんと、たすかりましたよ」

「どういたしまして。えっと……」

「あ、この中に入れてもらえるかしら？　わるいわねえ」

おばあさんがさしだしてきたまるいかごの中に、隼人は夏ミカンを入れていった。

そのとき気づいたのだが、この夏ミカンは普通《ふつう》のやつよりも大きくて、香《かお》りもずっとよかった。色も、まぶしい山吹色《やまぶきいろ》だ。

おいしそうだなと思っていると、おばあさんがいった。

「はい、ありがとう。ね、あなた、丸山《まるやま》さんちのお孫《まご》さんね？　隼人君《くん》でしょう？」

「えっ！　そ、そうですけど」

「ふふふ。なんで知ってるんだろうって、思っているのね？　でも、ちっちゃいときに、よくこの山に来てくれたでしょう？　おじいちゃまにつれられて。おもかげがあるから、すぐにわかったわ」

なんだ。じいちゃんの知り合いかと、隼人《はやと》は肩《かた》の力をぬいた。そんな隼人に、おばあさんは笑《わら》いかけてきた。

「ね、お礼《れい》をしたいから、ちょっとうちに来てくれるかしら？　すぐそこなのよ。おいしいお菓子《かし》もごちそうするから。ね？」

「それじゃ、おじゃまします」

知らない人にはついていっちゃいけないが、この人はじいちゃんの知り合いみたいだから、大丈夫《だいじょうぶ》だろう。それに、おいしいお菓子というのに、すごくそそられてしまったのだ。

夏ミカンをはこぶのを手伝《てつだ》いがてら、隼人はおばあさんについていった。

おばあさんは、坂道《さかみち》をまずのぼりきり、御屋敷桜《おやしきざくら》のところまでやってきた。

御屋敷桜《おやしきざくら》は、このあたりでいちばんりっぱな桜《さくら》の木で、春にはみごとな花を咲《さ》かせるので有名《ゆうめい》だ。だから、春になると、遠くからわざわざお花見に来る人たちもいて、そのときだけは、この里山《さとやま》もにぎやかになる。今は、緑《みどり》の葉《は》をわんさかつけているだけだが、それでもその姿《すがた》には威厳《いげん》があった。

その御屋敷桜のところで、おばあさんは道を右へとそれた。そのまま、桜の裏《うら》にある竹林《ちくりん》へと、ずんずん入っていく。

このままでは山をおりるどころじゃないと、隼人《はやと》はあせった。思いきって、「道をまちがってますよ」といおうとしたときだ。ふいに、竹林の奥《おく》に屋敷があるのが見えた。

本当にりっぱなお屋敷だった。高い垣根《かきね》にかこまれていて、その向《む》こうに大きな和風《わふう》の家屋《かおく》が見える。屋根《やね》をおおうかわらは青みをおびた黒色で、つやつやとして、とても迫力《はくりょく》がある。

この里山に、こんな屋敷があったなんて。

ぽかんとしている隼人に、おばあさんがくすくすと笑《わら》った。

「この山はね、もともと、うちのものなの。さっきの桜《さくら》が、うちの屋敷《やしき》への入り口なのよ。ふふ、あの桜《さくら》がどうして御屋敷桜《おやしきざくら》と呼《よ》ばれているのか、これでわかったでしょう？　さ、いらっしゃいな」

おどろきのあまり声も出ない隼人《はやと》を、おばあさんは屋敷の中へとつれていってくれた。大きな門をくぐって、これまた広々とした玄関《げんかん》から中にあがって。あちこちに高《こう》価《か》そうな花びんや絵がさりげなくかざられていて、それがまたすごく風情《ふぜい》がある。

長いろうかを歩いたあと、座敷《ざしき》に入った。そこは庭《にわ》に面《めん》した座敷だった。ガラス戸は全部《ぜんぶ》あけはなたれていて、涼《すず》しい風が入ってくる。

「すごい……」

思わず隼人はつぶやいた。庭があまりにもすばらしかったからだ。いろいろな花や木々が植《う》えられていて、いっぱい木の実《み》なんかもついている。池もあった。大小さまざまな錦鯉《にしきごい》が泳《およ》いでいて、まるで宝石《ほうせき》のようだ。

ぼうっとしている隼人をのこし、おばあさんはいったん、その場をはなれた。そしてもどってきたときには、その手に大きなガラスの器《うつわ》を持《も》っていた。

「さ、お礼《れい》のお菓子《かし》ですよ。めしあがれ」

出されたのは、水晶《すいしょう》のようにすきとおったわらび餅《もち》だった。きっと手作りなのだろう。ひと粒《つぶ》ずつ、ひと口サイズにころりとまるめてあって、黒蜜《くろみつ》ときなこがたっぷりとかけてある。

「いただきます！」

ひと口食べたとたん、隼人《はやと》は目をまるくしてしまった。

こんなにおいしいわらび餅《もち》は初《はじ》めてだ。スーパーで売っている、半透明《はんとうめい》ににごったやつとは、くらべものにならない。ゼリーよりも、ずっともちもちとしていて、つるん、ぷるんとした食感《しょっかん》がたまらない。のどを気持《きも》ちよくすべり落《お》ちていくと、さあっと、すがすがしさがひろがっていく。まるで、水でできたお菓子《かし》を食べているかのようだ。

夢中《むちゅう》でぱくついている隼人を、おばあさんはにこにこしながら見ていた。

「おかわりはどうかしら？」

「いいんですか？」

「もちろん。あなたのおかげで、あの長い坂道《さかみち》を最後《さいご》までおりずにすんだんだもの。いくらでも、おかわりしてちょうだいな」

「はい！　それじゃ、おかわり！」

「ほほほ。はいはい」

結局《けっきょく》、三杯《ばい》も食べてしまった。さすがにはずかしくなった隼人《はやと》の前で、おばあさんはますますうれしそうだった。

「お口に合って、よかったわ。あとね、もうひとつ、お礼《れい》をしたいの」

「え、い、いいですよ、そんなの。わらび餅《もち》、いっぱいもらっちゃったし」

これ以上《いじょう》はもらえない。そういう隼人を、おばあさんはまじめな顔で見つめた。

「ごめんなさいね。でも、これはわが家《や》の決《き》まりなの。この家にお招《まね》きしたお客様《きゃくさま》には、何か一つ、おみやげを持《も》たせて帰す。そう決まっているの。だからね、遠慮《えんりょ》しないで、なんでもいって。この家の中にあるものなら、なんでもいいから」

「えっと……」

隼人は本当にこまってしまった。ことわることはできそうにないし、かといって、なんでもいいといわれても。高そうな絵やつぼなんか、もらうわけにもいかないし。

目をさまよわせていたとき、庭《にわ》の池に気づいた。

そうだ。ほしいもの、ある！

「そ、それじゃ、鯉《こい》。鯉をもらってもいいですか？」

「あら、そんなのでいいの？」

「うん。ぼくんちの庭、じいちゃんがつくった池があるんです。いつか、この池できれいな錦鯉《にしきごい》を飼《か》いたいなって、じいちゃんがいってたから」

「あらまあ、そうなの。それじゃ、いらっしゃいな」

隼人《はやと》とおばあさんは縁側《えんがわ》から庭におり、池へと近づいた。本当にたくさんの鯉がいた。色も模様《もよう》もそれぞれちがい、一匹《ぴき》だって同じのはいない。

「さあ、えらんで。どの子がいいかしら？」

隼人は、じっと池を見つめた。そして、これだというのを見つけた。

それは、金魚くらいの小さい鯉だった。全身《ぜんしん》を銀色《ぎんいろ》のうろこにおおわれていて、背《せ》びれだけが赤くて、すごくかっこいい。

「あれ！　あの銀色《ぎんいろ》で、背中《せなか》のひれが赤いやつがいいです！」

「銀風《ぎんぷう》ね。ええ。あれはいい子よ。よい目をしてるわね、隼人君《はやとくん》」

そういうと、おばあさんはどこからともなく、まるい金魚鉢《きんぎょばち》をとりだし、それを池の水にひたした。そして、「銀風。朱雲《あけぐも》。いらっしゃい」と、うたうようにいった。

するとどうだ。隼人がえらんだ子鯉《こごい》が群《む》れからはなれ、こちらに泳《およ》ぎ寄《よ》ってきた。それにもう一匹《ぴき》、同じくらいの大きさの、全身《ぜんしん》が赤くて、黒雲のような斑点《はんてん》がある子鯉も、いっしょにやってきた。

二匹《ひき》が自分から金魚鉢の中に入ると、おばあさんは金魚鉢を池から出して、びっくりしている隼人にさしだした。

「はい。どうぞ。ふふふ。あなたがえらんだ銀風は女の子だから、ボーイフレンドの朱雲もつれていってあげてちょうだいな。はなればなれにしたら、かわいそうだもの」

もう隼人は言葉《ことば》も出なかった。なんだか夢《ゆめ》の世界《せかい》にいるかのようだ。

そんな隼人を、おばあさんは屋敷《やしき》の外へつれだし、御屋敷桜《おやしきざくら》のところまで送《おく》ってくれた。

「さ、ここからなら一人で帰れるわね」

「あ……ありがとう……ございました」

「なんの。こちらこそ、ありがとう。楽しい時間でしたよ。あ、その子たちだけど、かわいがってやってね。そうすれば、ふふ、きっといいことがあるから。それじゃ、さようなら」

おばあさんはくるりと背《せ》を向《む》け、竹林《ちくりん》の奥《おく》へと去《さ》っていった。

隼人《はやと》も坂道《さかみち》をくだりだした。夢《ゆめ》でも見ていた気分だが、腕《うで》の中にはちゃんと金魚鉢《きんぎょばち》がある。二匹《ひき》の子鯉《こごい》を見ていると、だんだんとうれしさがこみあげてきた。こんなきれいな鯉が二匹ももらえるなんて。じいちゃん、きっとよろこぶぞ。

うきうきしながら坂道をおり、家への道を歩きだしたときだ。向こうから若《わか》い女が一人、やってくるのが見えた。

隼人は、げっと思った。

あれは、園子《そのこ》だ。二年ほど前にこの村に引《ひ》っ越《こ》してきた女で、都会育《とかいそだ》ちだというのを鼻《はな》にかけて、ここらへんを田舎《いなか》とばかにしている、いやなやつだ。そのくせ、ものすごく意地《いじ》がきたない。

　近くの畑《はたけ》から勝手《かって》に野菜《やさい》は持《も》っていくし、スーパーでは何かとクレームをつけて、商品《しょうひん》を値引《ねび》きしてもらったり、あわよくば、ただでもらったりしようとする。何かいいかえしたりすると、すぐに「訴《うった》えてやる！」とか「警察《けいさつ》を呼《よ》べ！」とか、大さわぎするので、みんな、できるだけほうっておくことにしている。いわゆる、ご近所《きんじょ》じゅうの鼻《はな》つまみ者《もの》だ。

　家が貧乏《びんぼう》なので、隼人《はやと》はおこづかいだってもらったことはないけれど、ああいう人間にだけはなるまいと、かたく決《き》めていた。どんなにお金がなくても、あんなさもしいまねは、ぜったいしたくない。

　その園子《そのこ》が、こちらにやってくる。まわれ右して逃《に》げたかったが、そうもいかない。家までの道は、この一本しかないのだ。

　しかたなく、隼人はできるだけ早足で、園子の横《よこ》を通りぬけようとした。

　だが、そううまくはいかなかった。

　隼人がだいじそうにかかえている金魚鉢《きんぎょばち》に、園子は目ざとく気づいたのだ。いきなり隼人《はやと》の腕《うで》をぎゅっとつかみ、なれなれしく声をかけてきた。

「ねえねえ、それどうしたの？　なんか、高そうな金魚だよねえ」

「……金魚じゃなくて、鯉《こい》です」

「え、ってことは、錦鯉《にしきごい》ってやつ？　それって、すごく高いんじゃない？　どうしたのよ、それ？」

聞きだすまでは、はなさない。

ぎゅうっと、園子《そのこ》のマニキュアをぬった長いつめが、隼人の腕にくいこんできた。痛《いた》くて、隼人はもうちょっとで悲鳴《ひめい》をあげるところだった。それに、すごくこわかった。園子のぎらついた目から、早く逃《に》げたくてたまらない。だから、白状《はくじょう》してしまったのだ。里山《さとやま》のお屋敷《やしき》でもらったと。

園子は、いやしげな笑《わら》いを浮《う》かべた。

「なにそれ。それじゃ、あたしももらってこようっと。錦鯉、たくさんいたんでしょ？　あんただけもらって、あたしがもらえないなんて、そんなのおかしいもん」

もう用はないといわんばかりに、園子は隼人をつきはなし、いきおいよく里山に向《む》かって歩きだした。

その後《うし》ろ姿《すがた》を、隼人《はやと》は涙目《なみだめ》でにらみつけていた。園子《そのこ》があのおばあさんのところに乗《の》りこんでいくのかと思うと、すごくいやな気分だった。

ばかばか。なんで正直《しょうじき》にいっちゃったんだよ。うそをつけばよかったのに。

だが、後悔《こうかい》してもおそすぎた。ハイエナのような園子を、自分みたいな子どもがとめられるはずがない。

しょんぼりと、隼人は家に帰った。

「ただいま」

隼人の家には父さんがいない。母さんが仕事《しごと》をかけもちして、がんばって働《はたら》いている。だから昼間は、じいちゃんとばあちゃんが隼人のめんどうを見てくれるのだ。

この日も、すぐにばあちゃんが出むかえてくれた。

「お帰り。あら、きれいな金魚だこと。どこかでつかまえたの？　……どうしたの、そんなひしゃげた顔をして？」

「ばあちゃん……ぼく、す、すごく悪《わる》いことしちゃったんだ……」

半べそをかきながら、隼人《はやと》は今日あったことをすべて打《う》ちあけた。

ばあちゃんは、最後《さいご》までだまって聞いてくれた。途中《とちゅう》からは、すごく熱心《ねっしん》な表情《ひょうじょう》になっていた。

「うん」

「御屋敷桜《おやしきざくら》のところをまがった奥《おく》に、お屋敷があったのね……？」

「うん」

「あんたは、そこの人に招《まね》いてもらって、おみやげをもらった……」

「うん」

そうかと、ばあちゃんは晴れやかに笑《わら》った。

「そう。それはよかった。よかったねぇ、隼人」

「ばあちゃん？」

「あのお屋敷に招かれるなんて、そうそうないことなんだから。よかったよかった。それに……園子《そのこ》さんのことだけど、もう気にしなくていいと思うよ。あのお屋敷の人なら、きっと大丈夫《だいじょうぶ》だから。だって、あそこは〈迷い家《まよいが》〉だもの」

「迷《まよ》い家《が》？」

「招《まね》かれなければ入れない、入っちゃいけない家ってことよ。だから、園子《そのこ》さんなんか、ぜったい太刀打《たちう》ちできやしない。ほら、もうくよくよしないで。それより、早くこの子鯉《こごい》ちゃんたちを池にはなしてあげなさいよ。せっかくいただいたんだから、たいせつにしなくちゃね」

「う、うん」

よくわからなかったが、隼人《はやと》はすっと気持《きも》ちが晴れた。ばあちゃんがこんなに大丈夫《だいじょうぶ》だというのだから、きっと大丈夫なんだ。

隼人はいそいで、子鯉たちを池にはなすしたくをはじめた。


その日以来《いらい》、園子は村に姿《すがた》を見せなくなった。消《き》えてしまったのだ。都会《とかい》にもどっただの、昔《むかし》の借金取《しゃっきんと》りに見つかって姿をくらましただの、いろいろなうわさが飛《と》びかったが、園子を心配《しんぱい》したり、さがそうとしたりする人はだれもいなかった。それだけきらわれていたというわけだ。

隼人は、園子の失踪《しっそう》には、あの屋敷《やしき》のおばあさんが関係《かんけい》しているような気がした。

だから気になって、里山《さとやま》にのぼって屋敷《やしき》をたずねようとしたのだが……。

不思議《ふしぎ》なことに、いくらさがしても屋敷は見つからなかった。竹林《ちくりん》をくまなくさがしまわったのだが、どこにも見当たらず、屋敷があったという痕跡《こんせき》すらない。

「招《まね》かれなければ入れない、入っちゃいけない家」

ばあちゃんの言葉《ことば》が思い出され、急《きゅう》にこわくなった。

隼人《はやと》はいそいで里山をおり、二度《ど》とそこには近づかなかった。そのかわり、もらった二匹《ひき》の子鯉《こごい》をたいせつに世話《せわ》した。

子鯉はみるみる大きくなり、やがてたくさんの卵《たまご》を産《う》んだ。そこからかえった子鯉たちは、ほかの鯉《こい》にはないみごとな光沢《こうたく》と美《うつく》しさがあって、見た人はみんな息《いき》をのむほどだった。

見たこともないような鯉を育《そだ》てている家がある。

うわさと評判《ひょうばん》はどんどんひろがり、「売ってほしい」と、錦鯉愛好家《にしきごいあいこうか》がひっきりなしにたずねてくるようになった。おかげで、家は豊《ゆた》かになり、隼人の母さんも仕事《しごと》をやめて、隼人とじっくり時間をすごせるようになった。

そう。あのおばあさんの贈《おく》り物《もの》は、隼人《はやと》に大きな幸《しあわ》せをもたらしてくれたのだ。

山の中に、突然《とつぜん》、屋敷《やしき》があらわれることがあるという。りっぱな造《つく》りで、中はみごとな品々《しなじな》であふれ、庭《にわ》には四季《しき》折々《おりおり》の花が咲《さ》きほこり、なにもかもが美《うつく》しく豊《ゆた》かだという屋敷。

そこをおとずれることができた者《もの》は、何か一つ、屋敷のものを持《も》って帰ることができる。えらぶ品は、なんでもかまわない。なぜなら、屋敷のものにはすべて不思議《ふしぎ》な力が宿《やど》り、かならず富《とみ》をもたらしてくれるからだ。

だが、もし欲《よく》にかられて、屋敷に押《お》し入ろうとしたときは、大きな報《むく》いを受《う》けることになるという。

そうした屋敷のことを、人は〈迷《まよ》い家《が》〉と呼《よ》ぶ。

◆作者《さくしゃ》より

迷《まよ》い家《が》。突然《とつぜん》、山の中にあらわれるという幻《まぼろし》の家。そこに入ることができた人は、おみやげを一つ、持《も》って帰ることができ、その品《しな》が幸《しあわ》せをもたらしてくれるという。「遠野物語《とおのものがたり》」の中に出てくる話の一つで、わたしは昔《むかし》からこの話が大好《だいす》きでした。迷《まよ》い家《が》のもつ、なんともいえない雰囲気《ふんいき》にひきつけられたのです。最初《さいしょ》からおみやげ目当てで行くと、何ももらえない。そういうところもいいですね。

出会おうと思っても出会えない。でも、もしかしたら、ある日突然、招《まね》かれるかもしれない。

この不思議《ふしぎ》さが、迷《まよ》い家《が》の最大《さいだい》の魅力《みりょく》でしょう。

ああ、わたしも迷《まよ》い家《が》に招かれたい!

三びきの熊《くま》

小川《おがわ》糸《いと》

女の子は、おなかがすいていました。女の子には、名前がありません。女の子は生まれたときから、お父さんと二人ぐらしです。お父さんは、朝から晩《ばん》まで遠くの町ではたらいていたので、そんなとき、女の子はひとりで留守番《るすばん》をしなくてはなりません。ときには、夜中じゅう、ひとりっきりですごす日もあったのです。

ある日、女の子は森に食《た》べ物《もの》をさがしに行きました。きのこでも、くだものでも、木の実《み》でも、食べられるものならなんでもかまいませんでした。女の子は、お父さんと食べる晩ごはんを見つけたかったのです。

けれど、なかなか見つかりません。秋だというのに、まだかごの中はからっぽ。それで、つい道をそれて、森の奥《おく》の方まで来てしまったのです。

すると、向《む》こうに小さな三角屋根《さんかくやね》が見えました。

「あんなところに、おうちがあるわ」

女の子は、うっそうとしげるいばらの奥に、小さな一軒家《いっけんや》を見つけたのです。ろうそくの明かりが、窓《まど》の向こうでゆれていました。

「だれが住《す》んでいるのかしら？」

背《せ》のびをし、窓《まど》から中のようすをうかがいます。

「こんにちは……」

けれど、返事《へんじ》がありません。

今度《こんど》は、玄関《げんかん》の方へまわってみます。本当は、知らない家に無断《むだん》で入ることはいけないことです。いくら学校に通っていなくても、女の子はそのくらい知っていました。けれど、女の子はどうしても、わくわくする気持《きも》ちをおさえられなくなってしまったのです。

玄関のドアをおしてみると、ドアがすーっとあきました。家の中は、とてもきれいです。床《ゆか》には、ごみひとつ落《お》ちていません。

二歩、三歩、と奥《おく》へすすむうち、気がつくと女の子は鼻《はな》をくんくんさせていました。どこからか、いいにおいがするのです。女の子は目をとじたまま、においのする方向《ほうこう》へとすすみました。

それは、やわらかくて、やさしい、春風のようなあたたかいにおい。

ゆっくりと目をあけると、目の前のテーブルに、器《うつわ》が三つならんでいます。器はそれぞれ大きさがちがい、大きい器《うつわ》と、中くらいの器と、小さい器がありました。

「スープ！」

女の子は、その瞬間《しゅんかん》、思わずさけび声をあげました。目の前に、おいしそうなスープが、銀色《ぎんいろ》の湯気《ゆげ》をたててならんでいるのです。

女の子は、いちばん大きな器に顔を近づけました。においをかぐだけなら、問題《もんだい》ないわよ。

大きい器から、いちばんたくさん湯気が出ているのです。女の子は、目をとじてスープのにおいをすいこみました。

なんて、すてきな香《かお》りでしょう。こんないい香りを、女の子はかいだことがありません。そもそも、あたたかい食事《しょくじ》自体、めったに食べることがないのです。

きっと、ちょっとくらい食べたって、わからないわ。だって、大きな器には、こんなにたくさんスープが入っているんだもの。

女の子は、大きなスプーンでひとすくい、スープを口に入れようとしました。けれど、スプーンが大きすぎてうまく飲《の》めません。

だったら、まんなかの器《うつわ》のスープを飲《の》もうと、今度《こんど》は中くらいの大きさのスプーンでスープをすくいます。けれど、今度はスープが熱《あつ》すぎて飲めないのです。

女の子は、いちばん小さなスプーンをもって、いちばん小さな器のスープを飲みました。

とろりとして、なんておいしいのでしょう！　女の子は、その場でおどりだしたいような気分になりました。そして、あとひと口、もうあとひと口と飲むうち、小さな器に入っていたスープをすっかり飲みほしてしまったのです。

女の子はあわてて、大きな器から小さな器へ、スープをうつしました。けれど、うまくうつせません。テーブルの上には、ねずみの足あとのように、スープがぽたぽたこぼれています。けれど、女の子にとっては、たいしたことではありません。

女の子は、すっかりいい気分になっていました。こんなにおなかがいっぱいになったのは、ひさしぶりです。しかも、体のすみずみにまで、おいしいものがしみわたっています。

女の子は、おなかが満《み》たされたせいか、だんだん気が大きくなったのかもしれません。今度《こんど》は、となりの部屋《へや》に行ってみました。

「わっ、テレビ！」

女の子は、またしても歓声《かんせい》をあげます。女の子の家には、テレビがありません。以《い》前《ぜん》はあったのですが、少し前から、まったく映《うつ》らなくなってしまったのです。

女の子は、いちばん大きなゆり椅子《いす》にすわって、テレビをつけました。けれど大きすぎて、すべり台のようにずり落《お》ちてしまいます。まんなかのゆり椅子も、まだ女の子の体には合いません。

そこで女の子は、小さなゆり椅子にこしかけました。すると、ぴったりなのです。まるで、自分のためにつくられたゆり椅子のように、体をしっかりと受《う》けとめてくれます。

女の子は、だんだん楽しくなりました。そして、ゆり椅子をぶんぶんゆらしたのです。

すると、がしゃん、と音がして、ゆり椅子がこわれてしまいました。いたたたた。しりもちをついた女の子が、顔をしかめます。

けれど、たいしたけがはしていないようです。女の子は、テレビをつけっぱなしにしたまま、今度《こんど》は反対側《はんたいがわ》の部屋《へや》にうつりました。そこには、ベッドが三台、ならんでいます。

「わぁ！」

女の子は、思わずさけび声をあげました。家では、ただ箱《はこ》をならべただけの台に寝《ね》ているのです。こんなにりっぱなベッドは、見たことがありません。

女の子は、いちばん大きなベッドの上にとびのりました。けれど、王様《おうさま》のベッドのようでおちつきません。まんなかのベッドにも寝てみましたが、ふかふかすぎて宙《ちゅう》に浮《う》いているようです。結局《けっきょく》、いちばん小さなベッドが、もっとも安心《あんしん》してねむることができました。

おいしいスープでおなかがいっぱいになり、テレビを見て楽しい気分になった女の子は、またたく間に幸《しあわ》せな夢《ゆめ》を見ていました。

そこへ、この家のあるじが帰ってきたのです。なんと、この家に住《す》んでいたのは三びきの熊《くま》。何も知らない熊一家は、びっくりぎょうてんです。

散歩《さんぽ》から帰ったら食べようと用意《ようい》していたスープは飲《の》まれているし、テーブルにはスープがこぼれています。消《け》して出たはずのテレビはつけっぱなし、息子熊《むすこぐま》のゆり椅子《いす》は、はでにこわされていました。そのうえ、寝室《しんしつ》も荒《あ》らされています。せっかく母さん熊がととのえたシーツや毛布《もうふ》も、ぐっちゃぐちゃ……。すると、

「ぼくのベッドに、だれかが寝《ね》てる！」

息子熊が大声でさけびました。その声におどろいた女の子が、思わずベッドからとび起《お》きます。

「熊」といったきり、女の子は声が出ません。そこではじめて、女の子は、自分の入った家が熊一家のくらす家だとわかったのです。

女の子は、一目散《いちもくさん》に家の外へとびだしました。あんなに間近で熊を見たのは初《はじ》めてです。女の子は、無我夢中《むがむちゅう》で森の中をかけぬけました。

「待《ま》って！」

息子熊は、声のかぎりにさけびます。じつは、息子熊は女の子と友だちになりたかったのです。けれど、女の子の耳に、息子熊の声はとどいていません。女の子は、

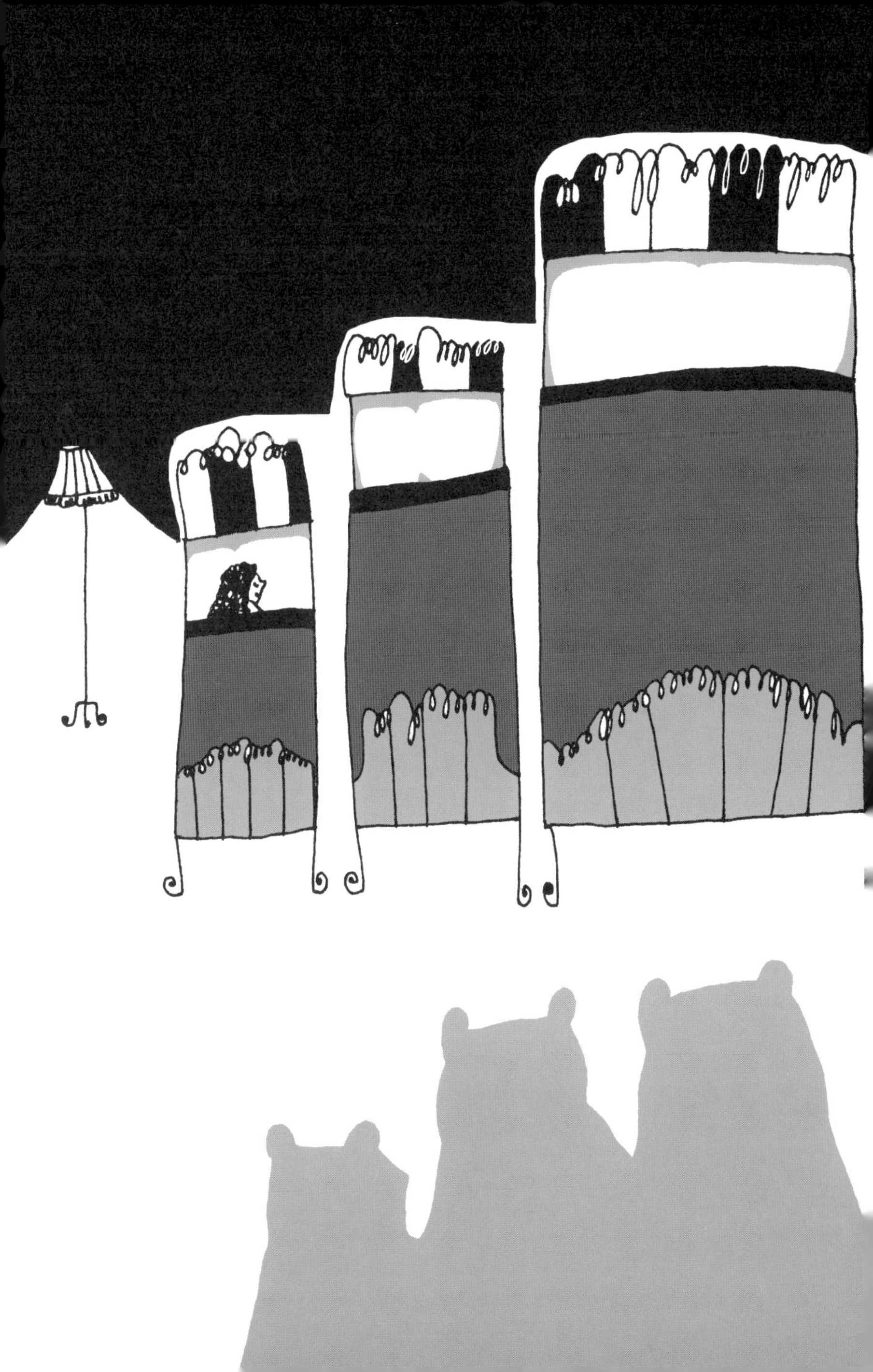

息《いき》をきらしながら、なんとか自分の家までたどりつきました。

それから少しして、雪がふりました。

女の子は、あのときに食べたスープの味《あじ》が、どうしても忘《わす》れられません。

そこで、春になったある日、女の子はふたたび、熊一家《くまいっか》のくらす家をたずねてみようと決心《けっしん》したのです。

それに、女の子はひとつ、忘《わす》れ物《もの》をしていました。かごです。女の子にとって唯一《ゆいいつ》の持《も》ち物《もの》であったたいせつなかごを、うっかり熊一家の家の玄関《げんかん》においてきてしまったのです。

女の子は途中《とちゅう》、原っぱにひろがるお花畑《はなばたけ》を見つけ、そこで花をつみました。おいしいスープをごちそうになったお礼《れい》です。しばらく花を集《あつ》めると、女の子の手にはきれいなブーケができていました。女の子は、そのブーケを手に、森の奥《おく》をめざして歩きます。

ただ、どの道をどう行ったのか、記憶《きおく》がさだかではありません。そもそも、途中からは道とよべるような道もありませんでした。季節《きせつ》が、秋から冬、冬から春へと変《か》わったせいで、景色《けしき》もちがって見えます。

どこかしら？　女の子は、途方《とほう》にくれてしまいました。もうすぐ、陽《ひ》がしずみます。

また、おなかがすいてきました。そこへ、音色《ねいろ》のように、なつかしいにおいが流《なが》れてきたのです。女の子は、犬のように鼻先《はなさき》を空へ向《む》けました。目をとじて、においのする方をさぐります。

女の子は、目をとじたまま歩きました。女の子の足取《あしど》りには迷《まよ》いがありません。においは、だんだん強くなりました。

女の子がゆっくりと目をあけると、目の前に家があります。あの、小さな三角屋根《さんかくやね》の家です。まちがいありません。

においを強く感《かん》じたのは、窓《まど》があいているからでした。やっぱり、テーブルには、ろうそくの明かりがついています。そして、大中小三つの器《うつわ》には、なみなみとスープがそそがれていました。

女の子は、窓から身《み》をのりいれるようにして、スープの方へ顔を近づけました。けれど、もう無断《むだん》で家に入ることはしません。ただ、香《かお》りをすいこんでいるだけで、幸《しあわ》せな気持《きも》ちになれるのです。

と、そこへ、熊一家《くまいっか》が散歩《さんぽ》から帰ってきました。最初《さいしょ》に女の子を見つけたのは、息子熊《むすこぐま》です。

「あっ、女の子だ!」

息子熊は、はずんだ声でいいました。その声に、女の子がふりむきます。おどろいた顔の女の子に、息子熊はやさしい声でいいました。

「こんにちは」

その声につられるように、女の子も、こんにちは、と答えました。

じつは、女の子には、友だちとよべる人がひとりもいませんでした。女の子にはかまってくれるおとながいなかったので、きたない身《み》なりをしていたからです。だから女の子のまわりには、いつもドーナツのように、空気のわっかができていたのです。

女の子は、たった今、息子熊からふつうにあいさつをされたことに、とまどっていました。そして、息子熊もまた、女の子と同じ悩《なや》みをかかえていたのです。

森に住《す》む熊《くま》は、年々へっています。熊が熊として森でくらすことが、むずかしくなってきているのです。唯一《ゆいいつ》、家族《かぞく》ぐるみでつきあっていたべつの熊一家も、みずから人間にとらわれ、動物園《どうぶつえん》でくらす道をえらんでいました。

だから息子熊《むすこぐま》は、遊《あそ》び相手《あいて》がほしかったのです。けれど、人間は熊を見ると、逃《に》げるか死《し》んだふりをするばかりで、友だちになどなってくれません。こんにちは、と女の子が返《かえ》してくれたことに、息子熊はそれだけで有頂天《うちょうてん》になっていたのでした。

「ぼくは、タピオ」

息子熊は、自己紹介《じこしょうかい》しながら、勇気《ゆうき》をふりしぼって右手をさしだしました。その手を、女の子が受《う》けとめます。おたがい、だれかと握手《あくしゅ》をするなんて初《はじ》めてのこと。女の子は内心、熊の手がとてもふかふかとしてやわらかいことに、おどろいていました。

「わたしは……」

今度《こんど》は女の子の番です。けれど、女の子には名前がありません。名前がないなんて、はずかしくて、タピオに打《う》ちあけることができません。女の子がだまっていると、

「ぼくは、九歳《さい》。きみは？」

タピオがさらに質問《しつもん》しました。けれど女の子は、それにも答えることができません。女の子は、自分の誕生日《たんじょうび》を知らなかったのです。

「わからないの……」

女の子は、今にも消《き》え入りそうな声でささやきます。すると、ふたりのようすを見《み》守《まも》っていた母さん熊《ぐま》が、あいだに入っていいました。

「立ち話もなんだから、家に入ってお話ししましょう」

そして、ね、あなた、と父さん熊に目くばせします。

「そうだよ、タピオ。せっかく、かわいいおじょうさんと友だちになれたんだ。これから、いっしょに晩《ばん》ごはんを食べよう」

父さん熊はそういうと、みずから先頭に立って家の中に入ります。

かわいいといわれた女の子は、うれしくてなりません。かわいいだなんて、一度《ど》もいわれたことがないのですから。

母さん熊が、女の子をうながします。女の子の忘《わす》れたかごは、きちんと台所《だいどころ》においてありました。

女の子は、ふとわれにかえって、手にしている花のブーケを母さん熊《ぐま》にわたします。

「これ、このあいだスープをいただいたお礼《れい》です。勝手《かって》に飲《の》んでしまって、ごめんなさい。それに、椅子《いす》もこわしちゃって……」

女の子は、せいいっぱいあやまりました。

それをきいた熊一家《くまいっか》は、ブーケをよろこんでうけとりました。それからすぐに、もうひとつ、小さい器《うつわ》を出してきて、それぞれの器から、少しずつ、スープをわけてくれたのです。

女の子は、熊一家とともに食卓《しょくたく》をかこみました。こんなに大勢《おおぜい》で食事《しょくじ》をするなんて、夢《ゆめ》のようです。女の子はうれしくなって、夢中《むちゅう》でスープを飲みました。おいしくて、おいしくて、いくらでもおなかに入りそうです。小さな器にたっぷりとよそってあったスープは、あっという間に女の子の胃袋《いぶくろ》におさまりました。

「ごちそうさまでした！」

女の子は、口のまわりをなめまわしながら元気よくいいました。本当は、まだまだおなかに入りそうですが、熊一家の三びきは、それぞれ、自分の器からスープをわけてくれたのです。わがままはいえません。

全員《ぜんいん》がスープを飲《の》みおわると、母さん熊《ぐま》が戸だなからデザートを出してきました。

「プリン！」

タピオがさけびます。けれど、女の子には、それがどんな食《た》べ物《もの》かわかりません。

目の前に、平《ひら》べったくてクリーム色をした、まるい台のようなものがおいてあるのです。そこへ、母さん熊が金色のとろりとした液体《えきたい》をたっぷりとかけました。

「これが、わが家《や》に代々《だいだい》つたわる、森の熊のプリンなのよ」

ふしぎそうにそのようすを見ていた女の子に、母さん熊が教えてくれます。

「人間はカラメルという、砂糖《さとう》からつくったあまいシロップをかけるんだが、われわれ熊の場合は、そこにハチミツをたっぷりかけて食べるんだ」

どんなことを話すときも、父さん熊には威厳《いげん》がありました。そのあいだに、タピオは四枚《まい》の葉《は》っぱのお皿《さら》を用意《ようい》します。

こうして女の子は、生まれてはじめてプリンを口にしたのです。女の子は、自分の世界《せかい》が大きくひろがるのを感《かん》じていました。ずっと今までひらくことのなかった扉《とびら》が、向《む》こう側《がわ》へあけはなたれたような、そんな新鮮《しんせん》な光と風を味《あじ》わっていたのです。

夕食後、女の子とタピオはふたりで遊《あそ》びました。おたがい、人生初《はつ》の「友だち」です。何をやっても、楽しくてなりません。熊一家《くまいっか》のくらす小さな家に、明るい笑《わら》い声《ごえ》がひびきました。そして、遊びつかれたタピオと女の子は、父さん熊の広いベッドで、あっという間になかよくねむってしまったのです。

それから女の子は、お父さんが仕事で町に泊《と》まるたびに、タピオの家へ遊びに行くようになりました。そのたびに熊一家は、女の子を歓迎《かんげい》しすぎるほど歓迎します。

それは、夏になるほんの少し前のこと。

女の子が熊一家の家をたずねると、めずらしく、三びきの熊がきちんとおめかししています。父さん熊は木の実《み》でできたりっぱなかんむりをかぶり、母さん熊は草花であんだ花のかんむりをかぶり、タピオはかしわの葉《は》っぱでつくったかんむりをかぶっていました。三びきとも、とても似合《にあ》っています。

すると、母さん熊が、はい、と女の子の頭にも、きれいな草花でつくったかんむりをのせてくれたのです。

「じゃ、次《つぎ》は、お父さんがプレゼントする番だ」

父さん熊《ぐま》はほこらしげにそういうと、女の子をテレビ部屋《べや》に案内《あんない》しました。

「すわってごらん」

女の子の前に、ゆり椅子《いす》をおきます。

それは、女の子の体にぴったりなサイズのゆり椅子でした。

「こっちにも、来てごらん」

父さん熊は反対側《はんたいがわ》のドアをあけ、今度《こんど》は女の子を寝室《しんしつ》へと案内《あんない》します。そこには、四台、ベッドがならんでいました。ブルーのベッドカバーがかけられたタピオのベッドの横《よこ》には、同じくらいの大きさの、フリルのついたカバーがかけられたベッドがあるのです。

「もしかして、わたしのベッド？」

女の子は、うれしさのあまり今にも泣《な》きだしそうになりました。自分のベッドがもらえるなんて、一生ないとあきらめていたのです。

「ありがとうございます」

女の子は、父さん熊《ぐま》に深々《ふかぶか》と頭をさげてお礼《れい》をしました。

「でも、プレゼントはこれだけじゃないよ」

そのようすを見ていたタピオが、じまんげにいいます。女の子が首をかしげると、タピオはもう待《ま》ちきれないといった表情《ひょうじょう》で、女の子に近づきました。

「ぼくからのプレゼントは、きみの名前」

いいながら、タピオは急《きゅう》に緊張《きんちょう》してきました。女の子が気にいってくれるか、自信《じしん》がなくなってしまったのです。けれど、せっかく何日もかけて考えた女の子の名前を、今さら取《と》り消《け》すわけにもいきません。タピオは勇気《ゆうき》をふりしぼって、女の子の名前を発表《はっぴょう》しました。

「カチューシャ」

自分では大きな声を出したつもりですが、実際《じっさい》には、リスのくしゃみ程度《ていど》の声しか出ません。タピオはもう一回、くりかえしていいました。女の子はだまったままです。

タピオは、すっかり絶望《ぜつぼう》した気持《きも》ちになりました。やっぱり、女の子には気に入ってもらえなかったんだ……。そう思うと、目に涙《なみだ》がにじんできます。タピオは、必死《ひっし》に泣《な》くのをがまんしました。

けれど、じつは女の子は、うれしくて、うれしすぎて、なんていったらいいのかわからなかっただけなのです。

「カチューシャ」

今度《こんど》は、女の子がいいました。

「カチューシャ」

もう一度、声に出してみると、よりすてきにひびきます。

「カチューシャ」

女の子の声は、どんどん大きくなりました。そしてついに、こうさけんだのです。

「わたしは、カチューシャ！　わたしの名前は、カチューシャといいます。今日からわたしは、カチューシャです！」

森全体《もりぜんたい》に聞こえそうなほどの、はっきりとした声でした。そして、突然《とつぜん》よろこびがこみあげてきて、その場でぴょんぴょんとびはねました。

「カチューシャ！」

タピオにも、女の子の、いやカチューシャのよろこびがつたわったのでしょう。こうして、女の子はカチューシャになったのです。

もともとカチューシャというのは、エカテリーナの愛称《あいしょう》として使《つか》われている呼《よ》び名《な》です。ですから、正式《せいしき》には女の子の名前はエカテリーナ、親しみをこめてカチューシャとよばれるというわけです。

それから、カチューシャと三びきの熊《くま》は、おめかししたまま散歩《さんぽ》に出かけました。散歩は、熊一家にとって、とてもたいせつな営《いとな》みです。たとえどんなに大きな悩《なや》みごとをかかえていても、散歩しながら空を見あげたり、風を感《かん》じたりすることで、悩みごとが悩みごとではなくなってしまうのです。

カチューシャも、三びきの熊と散歩するのがゆかいでなりません。ひとりで歩いていてもちっとも楽しくなどならないのに、三びきの熊といっしょに歩くだけで、同じ森の景色《けしき》がちがって見えます。

ふだんは仏頂面《ぶっちょうづら》をうかべている松《まつ》の木が、カチューシャに笑《わら》いかけ、いつもはカチューシャをからかう鳥たちが、カチューシャちゃん、いっしょに歌いましょう、とさそってくれるのです。そうやって気持《きも》ちよく森の中を散歩《さんぽ》したら、家に帰ってみんなでスープを飲《の》むのがお決《き》まりでした。

女の子はしだいに、熊一家《くまいっか》の家ですごす時間が長くなりました。タピオとカチューシャは、ともに成長《せいちょう》します。ふたりは、相手《あいて》のことをとてもよく理解《りかい》していました。

タピオには、カチューシャの孤独《こどく》がよくわかります。だって、タピオを見ると、だれもが逃《に》げてしまうのです。タピオは、本当はとてもやさしい性格《せいかく》です。それなのに、見た目はとてもこわかったから、それで相手に誤解《ごかい》されてしまうのです。

カチューシャも、美《うつく》しい心の持《も》ち主《ぬし》でした。けれど、見た目はとてもきれいとはいえません。だれかにやさしくしたくても、相手は、しっ、しっ、と野良猫《のらねこ》を追《お》いはらうようなしぐさで、カチューシャをはらいのけるのです。

ふたりはよく、木のぼりをして遊《あそ》びました。

タピオには、木にのぼることなど、地面《じめん》を歩くのと同じくらいかんたんなことです。カチューシャはタピオの背中《せなか》にしがみついて、いっしょに木をのぼります。最初《さいしょ》はとてもこわくて、毎回悲鳴《ひめい》をあげていました。けれど、だんだんとそれがおもしろくなってきたのです。

カチューシャの悲鳴《ひめい》は、やがて歓声《かんせい》へと変《か》わりました。そしてタピオは、より高い場所《ばしょ》へ、カチューシャをおんぶしてのぼるのです。

そうやって木にのぼると、ふたりは夜になるまでそこにいて、その場所から星空を見つめました。そんなときは、散歩《さんぽ》もスープもお休みです。けれど、散歩よりもスープよりも、星空を見ることの方が、ふたりにとっては楽しいことでした。いつの間にか、カチューシャとタピオは、おたがいを好《す》きになっていたのです。

やがて、カチューシャはタピオのお嫁《よめ》さんになりました。白くて美《うつく》しいレース編《あ》みのベールは、母さん熊《ぐま》がカチューシャのために植物《しょくぶつ》の繊維《せんい》であんでくれたものです。

こうして、カチューシャとタピオは夫婦《ふうふ》となり、カチューシャは熊一家の嫁として、森の奥《おく》の小さな家でいっしょにくらすようになったのです。カチューシャのお父さんもまた、結婚《けっこん》し、べつのところでくらしていました。

カチューシャとタピオには、たくさんの子どもが生まれました。熊と人間の子どもです。けれど、ふたりにとっては、相手《あいて》が熊《くま》だろうが人間だろうが、気にすることで

はありません。それに、カチューシャもタピオも、森の民《たみ》であることに変《か》わりはないのです。

夕方になると、カチューシャはたくさんのスープをつくり、それをテーブルにならべたら、タピオといっしょに、大勢《おおぜい》の子どもたちをつれて散歩《さんぽ》に行きます。子どもたちには、それぞれすてきな名前がありました。もちろん、誕生日《たんじょうび》だってわかっています。

散歩から家に帰ったら、みんなでスープを飲《の》みます。スープを飲んだら、デザートをいただきます。カチューシャは、母さん熊《ぐま》に教わって、ひとりでプリンもつくれるようになりました。プリンにかけるハチミツを集《あつ》めるのは、タピオの仕事《しごと》です。子どもたちは、父親がとってくるハチミツが好《す》きで好きでなりません。

カチューシャは、プリンのかくし味《あじ》にラベンダーをくわえます。それは、おさないころに、お父さんがカチューシャに教えてくれた花の名前です。カチューシャにとって唯一《ゆいいつ》の、お父さんにまつわるあまい思い出です。カチューシャは、その思い出を、たいせつに胸《むね》の奥《おく》にしまっておきたかったのです。

けれど、カチューシャはいつか、自分が人間の子どもとして生まれたことを忘《わす》れてしまうかもしれません。子どもたちがそうであるように、カチューシャもまた、見た目は熊《くま》に近づいていました。カチューシャにとっては、それはとてもよろこばしいことでした。

デザートを食べおわったら、となりの部屋《へや》にうつり、今度《こんど》はみんなでテレビを見ます。そしてテレビの時間がおわったら、寝室《しんしつ》に行って、朝までぐっすりねむるのです。

カチューシャをやさしい心でむかえ入れてくれた父さん熊《ぐま》と母さん熊は、カチューシャが熊一家にとついで数年後、相次《あいつ》いでなくなりました。

今日も、熊一家は、みんなで森の中を散歩《さんぽ》します。帰ってからおいしくスープを飲《の》むために、夕暮《ゆうぐ》れの森をじゃれあいながら歩くのです。

◆作者《さくしゃ》より

「三びきの熊《くま》」は、イギリスに古くから伝《つた》わる昔話《むかしばなし》です。それを、ロシアの文豪《ぶんごう》、トルストイが再話《さいわ》したことで有名《ゆうめい》になりました。

お話自体は、とてもシンプルです。女の子が留守中《るすちゅう》の熊の家にしのびこみ、スープを飲《の》んだり、椅子《いす》にすわったり、ベッドに寝《ね》てみたりしていると、そこへ熊の一家が帰ってきて、女の子と鉢合《はちあ》わせするというものです。女の子は、あわてて熊の家から退散《たいさん》します。

イギリスやデンマーク、北欧《ほくおう》には、「わたしたちの祖先《そせん》は熊である」という言い伝えがのこされています。わたしたちの祖先は、熊と少女との結婚《けっこん》によって誕生《たんじょう》した、という伝承《でんしょう》です。

熊と人間が結婚するなんて、ふしぎに感《かん》じるかもしれませんが、きっと昔はもっともっと、熊と人が、おたがいのちがいを理解《りかい》しながらも、相手《あいて》を尊敬《そんけい》し、同じ生《い》き物《もの》、同じ「森の民《たみ》」として、なかよく暮《く》らしていたように思うのです。この物語《ものがたり》は、熊と人がともに幸《しあわ》せに暮らせることを願《ねが》いながら書きました。

古典《こてん》への扉《とびら》

笑《わら》ったあとで背筋《せすじ》が寒《さむ》くなるような

村上《むらかみ》しいこ「やねうらさま」には、ブラックユーモアの味《あじ》わいがあります。ブラックユーモアとは、「笑ったあとで背筋が寒くなるような、残酷《ざんこく》さや不気味《ぶきみ》さを含《ふく》んだユーモア。」(『大辞林《だいじりん》』第《だい》三版《ぱん》)――これは、辞書《じしょ》にある説明《せつめい》です。末尾《まつび》の「作者《さくしゃ》より」に名前のあがっているイギリスのサキも、まさにブラックユーモアの作家です。新潮文庫《しんちょうぶんこ》の『サキ短編集《たんぺんしゅう》』(中村能三《なかむらよしみ》訳《やく》)などで代表作《だいひょうさく》を読むことができます。「作者より」に特《とく》にタイトルが書きこまれた「開《ひら》いた窓《まど》」は、岩波《いわなみ》少年文庫の『八月の暑《あつ》さのなかで ホラー短編集』(金原瑞《かねはらみず》人編訳《ひとへんやく》)に収《おさ》められた十三の作品《さくひん》の一つでもあります(この本での訳題《やくだい》は「開《あ》け放《はな》たれた窓」)。

二宮由紀子《にのみやゆきこ》「魚心《うおごころ》あれば?」は、アンデルセン童話《どうわ》の「人魚姫《にんぎょひめ》」などからヒントを得《え》た物語《ものがたり》です。「人魚姫」の運命《うんめい》は、偕成社《かいせいしゃ》文庫(山室静《やまむろしずか》訳)や岩波少年文庫(大畑末吉《おおはたすえきち》訳)の『アンデルセン童話集』(偕成社文庫は「小さい人魚姫」の題で収録《しゅうろく》)でたしかめてください。アンデルセンは、お姫様《ひめさま》によりそって書いていますが、「魚心あれば?」の作者は、男の子の立場で女の子を批判的《ひはんてき》にながめるように書くのです。

廣嶋玲子《ひろしまれいこ》**「迷い家**《まよいが》**」**は、山の中にあらわれる幻《まぼろし》の家を描《えが》いています。これは、柳田国男《やなぎたくにお》が岩手県遠野郷《いわてけんとおのごう》に伝《つた》わるさまざまな話を聞き書きして、一九一〇年に刊行《かんこう》した『遠野物語《とおのものがたり》』の第《だい》六十三話の内容《ないよう》をふまえています。『遠野物語』は、岩波文庫《いわなみぶんこ》などで読めます。柏葉幸子《かしわばさちこ》編著《へんちょ》『遠野物語』（偕成社《かいせいしゃ》）は、遠野のカッパが十二の話を語り直すかたちになっています。その四つめの章《しょう》が「マヨイガ」です。

小川糸《おがわいと》**「三びきの熊**《くま》**」**は、トルストイの同じ題《だい》の話をもとにしています。トルストイは、イギリスの昔話《むかしばなし》「金色の巻《ま》き毛《げ》の女の子と三びきのくま」をロシアの子どもたちのために書き直したのでした。トルストイの話は、福音館書店《ふくいんかんしょてん》（バスネツォフ え／おがさわら とよき やく）やミキハウス（片山健《かたやまけん》絵／千野栄一《ちのえいいち》訳）刊行の絵本にもなっています。ところが、小川糸の「三びきの熊」とトルストイは、結末《けつまつ》が大きくちがいます。読みくらべてみてください。

（児童文学研究者《じどうぶんがくけんきゅうしゃ》　宮川健郎《みやかわたけお》）

作者

村上しいこ

（むらかみ　しいこ）

三重県出身。『かめきちのおまかせ自由研究』で日本児童文学者協会新人賞、『れいぞうこのなつやすみ』でひろすけ童話賞、『うたうとは小さないのちひろいあげ』で野間児童文芸賞受賞。著書に『ダッシュ！』『教室の日曜日』など。

二宮由紀子

（にのみや　ゆきこ）

大阪府出身。「ハリネズミのプルプル」シリーズで赤い鳥文学賞、『ものすごくおおきなプリンのうえで』で日本絵本賞大賞受賞。著書に『コロッケくんのぼうけん』『うっかりウサギのう〜んと長かった1日』『めざせ日本一！』『スイーツ駅伝』など。

廣嶋玲子

（ひろしま　れいこ）

神奈川県出身。『水妖の森』でジュニア冒険小説大賞受賞。『盗角妖伝』『送り人の娘』『ゆうれい猫ふくこさん』『魂を追う者たち』「ふしぎ駄菓子屋銭天堂」シリーズ、「はんぴらり！」シリーズ、「鬼ヶ辻にあやかしあり」シリーズなど。

小川　糸

（おがわ　いと）

山形県出身。著書に『ツバキ文具店』『食堂かたつむり』『つるかめ助産院』『今日の空の色』『にじいろガーデン』『ファミリーツリー』『ペンギンと青空スキップ』『さようなら、私』『こんな夜は』『海へ、山へ、森へ、町へ』『私の夢は』など。

画家

平尾直子

（ひらお　なおこ）

大阪府出身。月光荘画廊主催の公募展で月光荘賞受賞、雑誌「イラストレーション」主催の誌上コンペ「ザ・チョイス」入選。装画作品に『愛と日本語の惑乱』『素直に生きる100の講義』『怒れない人は損をする』『東京六大学のススメ』など。

装丁・本文デザイン　鷹觜《たかのはし》麻衣子
編集協力　宮田庸子

古典から生まれた新しい物語 ✳ ふしぎな話
迷い家

発　行　2017年3月　初版1刷
編　者　日本児童文学者協会
画　家　平尾直子
発行者　今村正樹
発行所　株式会社偕成社《かいせいしゃ》
〒162-8450　東京都新宿区市谷砂土原町3-5
TEL.03-3260-3221（販売部）　03-3260-3229（編集部）
http://www.kaiseisha.co.jp/
印　刷　三美印刷株式会社
小宮山印刷株式会社
製　本　株式会社 常川製本

NDC913　116p.　20cm　ISBN978-4-03-539650-5

乱丁本・落丁本はおとりかえいたします。
本のご注文は電話・FAXまたはEメールでお受けしています。
TEL : 03-3260-3221　Fax : 03-3260-3222
e-mail : sales@kaiseisha.co.jp

古典から生まれた新しい物語

日本児童文学者協会 編

〈恋の話〉迷宮《めいきゅう》の王子　スカイエマ・絵

〈冒険の話〉墓場《はかば》の目撃者《もくげきしゃ》　黒須高嶺・絵

〈おもしろい話〉耳あり呆一《ほういち》　山本重也・絵

〈こわい話〉第三の子ども　浅賀行雄・絵

〈ふしぎな話〉迷《まよ》い家《が》　平尾直子・絵

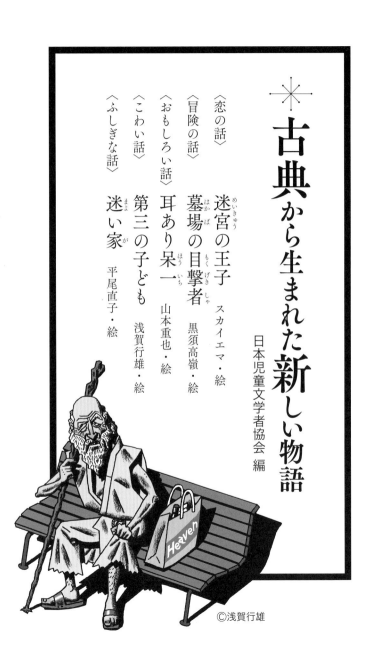